茶馆·龙须沟·红大院

老舍 著

台海出版社

图书在版编目（CIP）数据

茶馆·龙须沟·红大院 / 老舍著 . -- 北京：台海
出版社 , 2022.8
ISBN 978-7-5168-3312-4

Ⅰ . ①茶… Ⅱ . ①老… Ⅲ . ①话剧剧本—作品集—中
国—现代 Ⅳ . ① I234

中国版本图书馆 CIP 数据核字（2022）第 088093 号

茶馆·龙须沟·红大院

| 著　　者：老　舍 | |
| 出 版 人：蔡　旭 | 责任编辑：俞滟荣 |

出版发行：台海出版社

地　　址：北京市东城区景山东街 20 号　　　邮政编码：100009

电　　话：010-64041652（发行，邮购）

传　　真：010-84045799（总编室）

网　　址：www.taimeng.org.cn/thcbs/default.htm

E - m a i l：thcbs@126.com

经　　销：全国各地新华书店

印　　刷：北京市兆成印刷有限责任公司

本书如有破损、缺页、装订错误，请与本社联系调换

开　　本：710 毫米 ×1000 毫米	1/16
字　　数：175 千字	印　　张：14.5
版　　次：2022 年 8 月第 1 版	印　　次：2022 年 8 月第 1 次印刷
书　　号：ISBN 978-7-5168-3312-4	

定　　价：42.00 元

目录

茶馆

第一幕……5

第二幕……20

第三幕……41

龙须沟

第一幕……79

第二幕……104

第三幕……128

红大院

第一幕……153

第二幕……172

第三幕……201

茶　馆

（三幕三场话剧）

人物表

王利发——男，最初与我们见面，他才二十多岁。因父亲早死，他很
　　年轻就作了裕泰茶馆的掌柜。精明、有些自私，而心眼不坏。

唐铁嘴——男，三十来岁。相面为生，吸鸦片。

松二爷——男，三十来岁。胆小而爱说话。

常四爷——男，三十来岁。松二爷的好友，都是裕泰的主顾。正直，
　　体格好。

李　三——男，三十多岁。裕泰的跑堂的。勤恳，心眼好。

二德子——男，二十多岁。善扑营当差。

马五爷——男，三十多岁。吃洋教的小恶霸。

刘麻子——男，三十来岁。说媒拉纤，心狠意毒。

康　六——男，四十岁。京郊贫农。

黄胖子——男，四十多岁。流氓头子。

秦仲义——男，王掌柜的房东。在第一幕里二十多岁。阔少，后来成
　　了维新的资本家。

老　人——男，八十二岁。无倚无靠。

乡　妇——女，三十多岁。穷得出卖小女儿。

小　妞——女，十岁。乡妇的女儿。

庞太监——男，四十岁。发财之后，想娶老婆。

小牛儿——男，十多岁。庞太监的书童。

宋恩子——男，二十多岁。老式特务。

吴祥子——男，二十多岁。宋恩子的同事。

康顺子——女，在第一幕中十五岁。康六的女儿。被卖给庞太监为
　　　　妻。

王淑芬——女，四十来岁。王利发掌柜的妻。比丈夫更公平正直些。

巡　警——男，二十多岁。

报　童——男，十六岁。

康大力——男，十二岁。庞太监买来的义子，后与康顺子相依为命。

老　林——男，三十多岁。逃兵。

老　陈——男，三十岁。逃兵。林的把弟。

崔久峰——男，四十多岁。作过国会议员，后来修道，住在裕泰附设
　　　　的公寓里。

军　官——男，三十岁。

王大拴——男，四十岁左右，王掌柜的长子。为人正直。

周秀花——女，四十岁。大拴的妻。

王小花——女，十三岁。大拴的女儿。

丁　宝——女，十七岁。女招待。有胆有识。

小刘麻子——男，三十多岁。刘麻子之子，继承父业而发展之。

取电灯费的——男，四十多岁。

小唐铁嘴——男，三十多岁。唐铁嘴之子，继承父业，有作天师的希
　　　　望。

明师傅——男，五十多岁。包办酒席的厨师傅。

邹福远——男，四十多岁。说评书的名手。

卫福喜——男，三十多岁。邹的师弟，先说评书，后改唱京戏。

方　六——男，四十多岁。打小鼓的，奸诈。

车当当——男，三十岁左右，买卖现洋为生。

庞四奶奶——女，四十岁。丑恶，要作皇后。庞太监的四侄媳妇。

春　梅——女，十九岁。庞四奶奶的丫鬟。

老　杨——男，三十多岁。卖杂货的。

小二德子——男，三十岁。二德子之子，打手。

于厚斋——男，四十多岁。小学教员，王小花的老师。

谢勇仁——男，三十多岁。与于厚斋同事。

小宋恩子——男，三十来岁。宋恩子之子，承袭父业，作特务。

小吴祥子——男，三十来岁。吴祥子之子。世袭特务。

小心眼——女，十九岁。女招待。

沈处长——男，四十岁。宪兵司令部某处处长。

茶客若干人，都是男的。

茶房一两个，都是男的。

难民数人，有男有女，有老有少。

大兵三五人，都是男的。

公寓住客数人，都是男的。

押大令的兵七人，都是男的。

宪兵四人，男。

傻　杨——男，数来宝的。

第一幕

人物　王利发　刘麻子　庞太监　唐铁嘴　康六　小牛儿　松二爷
　　　　黄胖子　宋恩子　常四爷　秦仲义　吴祥子　李三　老人
　　　　康顺子　二德子　乡妇　茶客甲、乙、丙、丁　马五爷
　　　　小妞　茶房一、二人

时间　一八九八年（戊戌）初秋，康梁等的维新运动失败了。早半
　　　　天。

地点　北京，裕泰大茶馆。

〔幕启：这种大茶馆现在已经不见了。在几十年前，每城都
起码有一处。这里卖茶，也卖简单的点心与菜饭。玩鸟的人
们，每天在遛够了画眉、黄鸟等之后，要到这里歇歇腿，喝
喝茶，并使鸟儿表演歌唱。商议事情的，说媒拉纤的，也到
这里来。那年月，时常有打群架的，但是总会有朋友出头
给双方调解；三五十口子打手，经调人东说西说，便都喝碗
茶，吃碗烂肉面（大茶馆特殊的食品，价钱便宜，作起来快
当），就可以化干戈为玉帛了。总之，这是当日非常重要的
地方，有事无事都可以来坐半天。

〔在这里，可以听到最荒唐的新闻，如某处的大蜘蛛怎么成了
精，受到雷击。奇怪的意见也在这里可以听到，像把海边上都修

上大墙，就足以挡住洋兵上岸。这里还可以听到某京戏演员新近创造了什么腔儿，和煎熬鸦片烟的最好的方法。这里也可以看到某人新得到的奇珍——一个出土的玉扇坠儿，或三彩的鼻烟壶。这真是个重要的地方，简直可以算作文化交流的所在。

〔我们现在就要看见这样的一座茶馆。

〔一进门是柜台与炉灶——省点事，我们的舞台上可以不要炉灶；有些锅勺的响声也就够了。屋子非常高大，摆着长桌与方桌，长凳与小凳，都是茶座儿。隔窗可见后院，高搭着凉棚，棚下也有茶座儿。屋里和凉棚下都有挂鸟笼的地方。各处都贴着"莫谈国事"的纸条。

〔有两位茶客，不知姓名，正眯着眼，摇着头，拍板低唱。有两三位茶客，也不知姓名，正入神地欣赏瓦罐里的蟋蟀。两位穿灰色大衫的，宋恩子与吴祥子，正低声地谈话，看样子他们是北衙门的办案的（侦缉）。

〔今天又有一起打群架的，据说是为了争一只家鸽，惹起非用武力解决不可的纠纷。假若真打起来，非出人命不可，因为被约的打手中包括着善扑营的哥儿们和库兵，身手都十分厉害。好在，不能真打起来，因为在双方还没把打手约齐，已有人出面调停了——现在双方在这里会面。三三两两的打手，都横眉立目，短打扮，随时进来，往后院去。

〔马五爷在不惹人注意的角落，独自坐着喝茶。

〔王利发高高地坐在柜台里。

〔唐铁嘴趿拉着鞋，身穿一件极长极脏的大布衫，耳上夹着几张小纸片，进来。

王利发　唐先生，你外边蹓蹓吧！

唐铁嘴　（惨笑）王掌柜，捧捧唐铁嘴吧！送给我碗茶喝，我就先给您相相面吧！手相奉送，不取分文！（不容分说，拉过王利发的手来）今年是光绪二十四年，戊戌。您贵庚是……

王利发　（夺回手去）算了吧，我送给你一碗茶喝，你就甭卖那套生意口啦！用不着相面，咱们既在江湖内，都是苦命人！（由柜台内走出，让唐铁嘴坐下）坐下！我告诉你，你要是不戒了大烟，就永远交不了好运！这是我的相法，比你的更灵验！

〔松二爷和常四爷都提着鸟笼进来，王利发向他们打招呼。他们先把鸟笼子挂好，找地方坐下。松二爷文绉绉的，提着小黄鸟笼；常四爷雄赳赳的，提着大而高的画眉笼。茶房李三赶紧过来，沏上盖碗茶。他们自带茶叶。茶沏好，松二爷、常四爷向邻近的茶座让了让。

松二爷
常四爷　您喝这个！（然后，往后院看了看）

松二爷　好像又有事儿？　　.

常四爷　反正打不起来！要真打的话，早到城外头去啦；到茶馆来干吗？

〔二德子，一位打手，恰好进来，听见了常四爷的话。

二德子　（凑过去）你这是对谁甩闲话呢？

常四爷　（不肯示弱）你问我哪？花钱喝茶，难道还教谁管着吗？

松二爷　（打量了二德子一番）我说这位爷，您是营里当差的吧？来，坐下喝一碗，我们也都是外场人。

二德子　你管我当差不当差呢！

常四爷　要抖威风，跟洋人干去，洋人厉害！英法联军烧了圆明园，尊家吃着官饷，可没见您去冲锋打仗！

二德子　甭说打洋人不打，我先管教管教你！（要动手）

　　　　〔别的茶客依旧进行他们自己的事。王利发急忙跑过来。

王利发　哥儿们，都是街面上的朋友，有话好说。德爷，您后边坐！

　　　　〔二德子不听王利发的话，一下子把一个盖碗搂下桌去，摔碎。翻手要抓常四爷的脖领。

常四爷　（闪过）你要怎么着？

二德子　怎么着？我碰不了洋人，还碰不了你吗？

马五爷　（并未立起）二德子，你威风啊！

二德子　（四下扫视，看到马五爷）喝，马五爷，您在这儿哪？我可眼拙，没看见您！（过去请安）

马五爷　有什么事好好地说，干吗动不动地就讲打？

二德子　嗻！您说的对！我到后头坐坐去。李三，这儿的茶钱我候啦！（往后面走去）

常四爷　（凑过来，要对马五爷发牢骚）这位爷，您圣明，您给评评理！

马五爷　（立起来）我还有事，再见！（走出去）

常四爷　（对王利发）邪！这倒是个怪人！

王利发　您不知道这是马五爷呀？怪不得您也得罪了他！

常四爷　我也得罪了他？我今天出门没挑好日子！

王利发　（低声地）刚才您说洋人怎样，他就是吃洋饭的。信洋教，说洋话，有事情可以一直地找宛平县的县太爷去，要不怎么连官面上都不惹他呢！

常四爷　（往原处走）哼，我就不佩服吃洋饭的！

王利发　（向宋恩子、吴祥子那边稍一歪头，低声地）说话请留点神！

　　　　（大声地）李三，再给这儿沏一碗来！（拾起地上的碎磁片）

松二爷　盖碗多少钱？我赔！外场人不作老娘们事！

王利发　不忙，待会儿再算吧！（走开）

　　　　〔纤手刘麻子领着康六进来。刘麻子先向松二爷、常四爷打招呼。

刘麻子　您二位真早班儿！（掏出鼻烟壶，倒烟）您试试这个！刚装来的，地道英国造，又细又纯！

常四爷　唉！连鼻烟也得从外洋来！这得往外流多少银子啊！

刘麻子　咱们大清国有的是金山银山，永远花不完！您坐着，我办点小事！（领康六找了个座儿）

　　　　〔李三拿过一碗茶来。

刘麻子　说说吧，十两银子行不行？你说干脆的！我忙，没工夫专伺候你！

康　六　刘爷！十五岁的大姑娘，就值十两银子吗？

刘麻子　卖到窑子去，也许多拿两儿八钱的，可是你又不肯！

康　六　那是我的亲女儿！我能够……

刘麻子　有女儿，你可养活不起，这怪谁呢？

康　六　那不是因为乡下种地的都没法子混了吗？一家大小要是一天能吃上一顿粥，我要还想卖女儿，我就不是人！

刘麻子　那是你们乡下的事，我管不着。我受你之托，教你不吃亏，又教你女儿有个吃饱饭的地方，这还不好吗？

康　六　到底给谁呢？

刘麻子　我一说，你必定从心眼里乐意！一位在宫里当差的！

9

康　六　宫里当差的谁要个乡下丫头呢?

刘麻子　那不是你女儿的命好吗?

康　六　谁呢?

刘麻子　庞总管! 你也听说过庞总管吧? 伺候着太后, 红的不得了, 连家里打醋的瓶子都是玛瑙作的!

康　六　刘大爷, 把女儿给太监作老婆, 我怎么对得起人呢?

刘麻子　卖女儿, 无论怎么卖, 也对不起女儿! 你胡涂! 你看, 姑娘一过门, 吃的是珍馐美味, 穿的是绫罗绸缎, 这不是造化吗? 怎样, 摇头不算点头算, 来个干脆的!

康　六　自古以来, 哪有……他就给十两银子?

刘麻子　找遍了你们全村儿, 找得出十两银子找不出? 在乡下, 五斤白面就换个孩子, 你不是不知道!

康　六　我, 唉! 我得跟姑娘商量一下!

刘麻子　告诉你, 过了这个村可没有这个店, 耽误了事别怨我! 快去快来!

康　六　唉! 我一会儿就回来!

刘麻子　我在这儿等着你!

康　六　(慢慢地走出去)……

刘麻子　(凑到松二爷、常四爷这边来)乡下人真难办事, 永远没个痛痛快快!

松二爷　这号生意又不小吧?

刘麻子　也甜不到哪儿去, 弄好了, 赚个元宝!

常四爷　乡下是怎么了? 会弄得这么卖儿卖女的!

刘麻子　谁知道! 要不怎么说, 就是一条狗也得托生在北京城里嘛!

10

常四爷　刘爷，您可真有个狠劲儿，给拉拢这路事！

刘麻子　我要不分心，他们还许找不到买主呢！（忙岔话）松二爷（掏出个小时表来），您看这个！

松二爷　（接表）好体面的小表！

刘麻子　您听听，嘎登嘎登地响！

松二爷　（听）这得多少钱？

刘麻子　您爱吗？就让给您！一句话，五两银子！您玩够了，不爱再要了，我还照数退钱！东西真地道，传家的玩艺！

常四爷　我这儿正咂摸这个味儿：咱俩一个人身上有多少洋玩艺儿啊！老刘，就看你身上吧：洋鼻烟，洋表，洋缎大衫，洋布裤褂……

刘麻子　洋东西可是真漂亮呢！我要是穿一身土布，像个乡下脑颏，谁还理我呀！

常四爷　我老觉乎着咱们的大缎子，川绸，更体面！

刘麻子　松二爷，留下这个表吧，这年月，戴着这么好的洋表，会教人另眼看待！是不是这么说，您哪？

松二爷　（真爱表，但又嫌贵）我……

刘麻子　您先戴两天，改日再给钱！

　　　　〔黄胖子进来。

黄胖子　（严重的沙眼，看不清楚，进门就请安）哥儿们，都瞧我啦！我，请安了！都是自己弟兄，别伤了和气呀！

王利发　这不是他们，他们在后院哪！

黄胖子　我看不大清楚啊！掌柜的，预备烂肉面，有我黄胖子，谁也打不起来！（往里走）

二德子　（出来迎接）两边已经见了面，您快来吧！

　　〔二德子同黄胖子入内。

　　〔茶房们一趟又一趟地往后面送茶水。老人进来，拿着些牙
　　签、胡梳、耳挖勺之类的小东西，低着头慢慢地挨着茶座儿
　　走；没人买他的东西。他要往后院去，被李三截住。

李　三　老大爷，您外边蹓蹓吧！后院里，人家正说和事呢，没人买
　　您的东西！（顺手儿把剩茶递给老人一碗）

松二爷　（低声地）李三！（指后院）他们到底为了什么事，要这么
　　拿刀动杖的？

李　三　（低声地）听说是为一只鸽子。张宅的鸽子飞到了李宅去，
　　李宅不肯交还……唉，咱们还是少说话好，（问老人）老大
　　爷您高寿啦？

老　人　（喝了茶）多谢！八十二了，没人管！这年月呀，人还不如
　　一只鸽子呢！唉！（慢慢走出去）

　　〔秦仲义，穿得很讲究，满面春风，走进来。

王利发　哎哟！秦二爷，您怎么这样闲在，会想起下茶馆来了？也没
　　带个底下人？

秦仲义　来看看，看看你这年轻小伙子会作生意不会！

王利发　唉，一边作一边学吧，指着这个吃饭嘛。谁叫我爸爸死的
　　早，我不干不行啊！好在照顾主儿都是我父亲的老朋友，我
　　有不周到的地方，都肯包涵，闭闭眼就过去了。在街面上混
　　饭吃，人缘儿顶要紧。我按着我父亲遗留下的老办法，多说
　　好话，多请安，讨人人的喜欢，就不会出大岔子！您坐下，
　　我给您沏碗小叶茶去！

12

秦仲义　我不喝！也不坐着！

王利发　坐一坐！有您在我这儿坐坐，我脸上有光！

秦仲义　也好吧！（坐）可是，用不着奉承我！

王利发　李三，沏一碗高的来！二爷，府上都好？您的事情都顺心吧？

秦仲义　不怎么太好！

王利发　您怕什么呢？那么多的买卖，您的小手指头都比我的腰还粗！

唐铁嘴　（凑过来）这位爷好相貌，真是天庭饱满，地阁方圆，虽无宰相之权，而有陶朱之富！

秦仲义　躲开我！去！

王利发　先生，你喝够了茶，该外边活动活动去！（把唐铁嘴轻轻推开）

唐铁嘴　唉！（垂头走出去）

秦仲义　小王，这儿的房租是不是得往上提那么一提呢？当年你爸爸给我的那点租钱，还不够我喝茶用的呢！

王利发　二爷，您说的对，太对了！可是，这点小事用不着您分心，您派管事的来一趟，我跟他商量，该长多少租钱，我一定照办！是！嘛！

秦仲义　你这小子，比你爸爸还滑！哼，等着吧，早晚我把房子收回去！

王利发　您甭吓唬着我玩，我知道您多么照应我、心疼我，决不会叫我挑着大茶壶，到街上卖热茶去！

秦仲义　你等着瞧吧！

　　　　〔乡妇拉着个十来岁的小妞进来。小妞的头上插着一根草

13

标。李三本想不许她们往前走，可是心中一难过，没管。她

们俩慢慢地往里走。茶客们忽然都停止说笑，看着她们。

小　妞　（走到屋子中间，立住）妈，我饿！我饿！

　　　　〔乡妇呆视着小妞，忽然腿一软，坐在地上，掩面低泣。

秦仲义　（对王利发）轰出去！

王利发　是！出去吧，这里坐不住！

乡　妇　哪位行行好？要这个孩子，二两银子！

常四爷　李三，要两个烂肉面，带她们到门外吃去！

李　三　是啦！（过去对乡妇）起来，门口等着去，我给你们端面

　　　　来！

乡　妇　（立起，抹泪往外走，好像忘了孩子；走了两步，又转回身

　　　　来，搂住小妞，吻她）宝贝！宝贝！

王利发　快着点吧！

　　　　〔乡妇、小妞走出去。李三随后端出两碗面去。

王利发　（过来）常四爷，您是积德行好，赏给她们面吃！可是，我

　　　　告诉您：这路事儿太多了，太多了！谁也管不了！（对秦仲

　　　　义）二爷，您看我说的对不对？

常四爷　（对松二爷）二爷，我看哪，大清国要完！

秦仲义　（老气横秋地）完不完，并不在乎有人给穷人们一碗面吃没

　　　　有。小王，说真的，我真想收回这里的房子！

王利发　您别那么办哪，二爷！

秦仲义　我不但收回房子，而且把乡下的地，城里的买卖也都卖了！

王利发　那为什么呢？

秦仲义　把本钱拢在一块儿，开工厂！

王利发　开工厂？

秦仲义　嗯，顶大顶大的工厂！那才救得了穷人，那才能抵制外货，那才能救国！（对王利发说而眼看着常四爷）唉，我跟你说这些干什么，你不懂！

王利发　您就专为别人，把财产都出手，不顾自己了吗？

秦仲义　你不懂！只有那么办，国家才能富强！好啦，我该走啦。我亲眼看见了，你的生意不错，你甭再耍无赖，不长房钱！

王利发　您等等，我给您叫车去！

秦仲义　用不着，我愿意蹓蹓跶跶！

　　　　〔秦仲义往外走，王利发送。

　　　　〔小牛儿挽着庞太监走进来。小牛儿提着水烟袋。

庞太监　哟！秦二爷！

秦仲义　庞老爷！这两天您心里安顿了吧？

庞太监　那还用说吗？天下太平了：圣旨下来，谭嗣同问斩！告诉您，谁敢改祖宗的章程，谁就掉脑袋！

秦仲义　我早就知道！

　　　　〔茶客们忽然全静寂起来，几乎是闭住呼吸地听着。

庞太监　您聪明，二爷，要不然您怎么发财呢！

秦仲义　我那点财产，不值一提！

庞太监　太客气了吧？您看，全北京城谁不知道秦二爷！您比作官的还厉害呢！听说呀，好些财主都讲维新！

秦仲义　不能这么说，我那点威风在您的面前可就施展不出来了！哈哈哈！

庞太监　说得好，咱们就八仙过海，各显其能吧！哈哈哈！

秦仲义　改天过去给您请安，再见！（下）

庞太监　（自言自语）哼，凭这么个小财主也敢跟我逗嘴皮子，年头真是改了！（问王利发）刘麻子在这儿哪？

王利发　总管，您里边歇着吧！

〔刘麻子早已看见庞太监，但不敢靠近，怕打搅了庞太监、秦仲义的谈话。

刘麻子　喝，我的老爷子！您吉祥！我等了您好大半天了！（挽庞太监往里面走）

〔宋恩子、吴祥子过来请安，庞太监对他们耳语。

〔众茶客静默了一阵之后，开始议论纷纷。

茶客甲　谭嗣同是谁？

茶客乙　好像听说过！反正犯了大罪，要不，怎么会问斩呀！

茶客丙　这两三个月了，有些作官的，念书的，乱折腾乱闹，咱们怎能知道他们捣的什么鬼呀！

茶客丁　得！不管怎么说，我的铁杆庄稼又保住了！姓谭的，还有那个康有为，不是说叫旗兵不关钱粮，去自谋生计吗？心眼多毒！

茶客丙　一份钱粮倒叫上头克扣去一大半，咱们也不好过！

茶客丁　那总比没有强啊！好死不如赖活着，叫我去自己谋生，非死不可！

王利发　诸位主顾，咱们还是莫谈国事吧！

〔大家安静下来，都又各谈各的事。

庞太监　（已坐下）怎么说？一个乡下丫头，要二百银子？

刘麻子　（侍立）乡下人，可长得俊呀！带进城来，好好地一打扮、调教，准保是又好看，又有规矩！我给您办事，比给我亲爸爸作事都更尽心，一丝一毫不能马虎！

〔唐铁嘴又回来了。

王利发　铁嘴，你怎么又回来了？

唐铁嘴　街上兵慌马乱的，不知道是怎么回事！

庞太监　还能不搜查搜查谭嗣同的余党吗？唐铁嘴，你放心，没人抓你！

唐铁嘴　嘿，总管，您要能赏给我几个烟泡儿，我可就更有出息了！

〔有几个茶客好像预感到什么灾祸，一个个往外蹓。

松二爷　咱们也该走啦吧！天不早啦！

常四爷　嗉！走吧！

〔二灰衣人——宋恩子和吴祥子走过来。

宋恩子　等等！

常四爷　怎么啦？

宋恩子　刚才你说"大清国要完"？

常四爷　我，我爱大清国，怕它完了！

吴祥子　（对松二爷）你听见了？他是这么说的吗？

松二爷　哥儿们，我们天天在这儿喝茶。王掌柜知道：我们都是地道老好人！

吴祥子　问你听见了没有？

松二爷　那，有话好说，二位请坐！

宋恩子　你不说，连你也锁了走！他说"大清国要完"，就是跟谭嗣同一党！

松二爷　我，我听见了，他是说……

宋恩子　（对常四爷）走！

常四爷　上哪儿？事情要交代明白了啊！

宋恩子　你还想拒捕吗？我这儿可带着"王法"呢！（掏出腰中带着的铁链子）

常四爷　告诉你们，我可是旗人！

吴祥子　旗人当汉奸，罪加一等！锁上他！

常四爷　甭锁，我跑不了！

宋恩子　谅你也跑不了！（对松二爷）你也走一趟，到堂上实话实说，没你的事！

　　　〔黄胖子同三五个人由后院过来。

黄胖子　得啦，一天云雾散，算我没白跑腿！

松二爷　黄爷！黄爷！

黄胖子　（揉揉眼）谁呀？

松二爷　我！松二！您过来，给说句好话！

黄胖子　（看清）哟，宋爷，吴爷，二位爷办案哪？请吧！

松二爷　黄爷，帮帮忙，给美言两句！

黄胖子　官厅儿管不了的事，我管！官厅儿能管的事呀，我不便多嘴！（问大家）是不是？

众　　　嘛！对！

　　　〔宋恩子、吴祥子带着常四爷、松二爷往外走。

松二爷　（对王利发）看着点我们的鸟笼子！

王利发　您放心，我给送到家里去！

　　　〔宋四爷、松二爷、宋恩子、吴祥子同下。

黄胖子　（唐铁嘴告以庞太监在此）哟，老爷在这儿哪？听说要安份儿家，我先给您道喜！

庞太监　等吃喜酒吧！

黄胖子　您赏脸！您赏脸！（下）

　　　　〔乡妇端着空碗进来，往柜上放。小妞跟进来。

小　妞　妈！我还饿！

王利发　唉！出去吧！

乡　妇　走吧，乖！

小　妞　不卖妞妞啦？妈！不卖啦？妈！

乡　妇　乖！（哭着，携小妞下）

　　　　〔康六带着康顺子进来，立在柜台前。

康　六　姑娘！顺子！爸爸不是人，是畜生！可你叫我怎办呢？你不
　　　　找个吃饭的地方，你饿死！我不弄到手几两银子，就得叫东
　　　　家活活地打死！你呀，顺子，认命吧，积德吧！

康顺子　我，我……（说不出话来）

刘麻子　（跑过来）你们回来啦？点头啦？好！来见见总管！给总管
　　　　磕头！　．

康顺子　我……（要晕倒）

康　六　（扶住女儿）顺子！顺子！

刘麻子　怎么啦？

康　六　又饿又气，昏过去了！顺子！顺子！

庞太监　我要活的，可不要死的！

　　　　〔静场。

茶客甲　（正与乙下象棋）将！你完啦！

（幕）

第二幕

人物　王淑芬　报童　康顺子　李三　常四爷　康大力　王利发

　　　　松二爷　老林　难民数人　宋恩子　老陈　巡警　吴祥子

　　　　崔久峰　押大令的兵七人　公寓住客二三人　军官

　　　　唐铁嘴　刘麻子大兵三五人

时间　与前幕相隔十余年，现在是袁世凯死后，帝国主义指使中国军
　　　　阀进行割据，时时发动内战的时候。初夏，上午。

地点　同前幕。

　　〔幕启：北京城内的大茶馆已先后相继关了门。"裕泰"是硕
果仅存的一家了，可是为避免被淘汰，它已改变了样子与作
风。现在，它的前部仍然卖茶，后部却改成了公寓。前部只卖
茶和瓜子什么的；"烂肉面"等等已成为历史名词。厨房挪到
后边去，专包公寓住客的伙食。茶座也大加改良：一律是小桌
与藤椅，桌上盖着浅绿桌布。墙上的"醉八仙"大画，连财神
龛，均已撤去，代以时装美人——外国香烟公司的广告画。
"莫谈国事"的纸条可是保存了下来，而且字写的更大。王利
发真像个"圣之时者也"，不但没使"裕泰"灭亡，而且使它
有了新的发展。

　　〔因为修理门面，茶馆停了几天营业，预备明天开张。王淑芬

20

正和李三忙着布置，把桌椅移了又移，摆了又摆，以期尽善尽美。

〔王淑芬梳时行的圆髻，而李三却还带着小辫儿。

〔二三学生由后面来，与他们打招呼，出去。

王淑芬　（看李三的辫子碍事）三爷，咱们的茶馆改了良，你的小辫儿也该剪了吧？

李　三　改良！改良！越改越凉，冰凉！

王淑芬　也不能那么说！三爷你看，听说西直门的德泰，北新桥的广泰，鼓楼前的天泰，这些大茶馆全先后脚儿关了门！只有咱们裕泰还开着，为什么？不是因为拴子的爸爸懂得改良吗？

李　三　哼！皇上没啦，总算大改良吧？可是改来改去，袁世凯还是要作皇上。袁世凯死后，天下大乱，今儿个打炮，明儿个关城，改良？哼！我还留着我的小辫儿，万一把皇上改回来呢！

王淑芬　别顽固啦，三爷！人家给咱们改了民国，咱们还能不随着走吗？你看，咱们这么一收拾，不比以前干净，好看？专招待文明人，不更体面？可是，你要还带着小辫儿，看着多么不顺眼哪！

李　三　太太，你觉得不顺眼，我还不顺心呢！

王淑芬　哟，你不顺心？怎么？

李　三　你还不明白？前面茶馆，后面公寓，全仗着掌柜的跟我两个人，无论怎么说，也忙不过来呀！

王淑芬　前面的事归他，后面的事，不是还有我帮助你吗？

李　三　就算有你帮助，打扫二十来间屋子，伺候二十多人的伙食，坏要沏茶灌水，买东西送信，问问你自己，受得了受不了！

王淑芬　三爷，你说的对！可是呀，这兵慌马乱的年月，能有个事儿作也就得念佛！咱们都得忍着点！

李　三　我干不了！天天睡四五个钟头的觉，谁也不是铁打的！

王淑芬　唉！三爷，这年月谁也舒服不了！你等着，大拴子暑假就高小毕业，二栓子也快长起来，他们一有用处，咱们可就清闲点啦。从老王掌柜在世的时候，你就帮助我们，老朋友，老伙计啦！

〔王利发老气横秋地从后面进来。

李　三　老伙计？二十多年了，他们可给我长过工钱？什么都改良，为什么工钱不跟着改良呢？

王利发　哟！你这是什么话呀？咱们的买卖要是越作越好，我能不给你长工钱吗？得了，明天咱们开张，取个吉利，先别吵嘴，就这么办吧！all right？①

李　三　就怎么办啦？不改我的良，我干不下去啦！

〔后面叫李三！李三！

王利发　崔先生叫，你快去！咱们的事，有工夫再细研究！

李　三　哼！

王淑芬　我说，昨天就关了城门，今儿个还说不定关不关，三爷，这里的事交给掌柜的，你去买点菜吧！别的不说，咸菜总得买下点呀！

〔后面又叫李三！李三！

———————

① all right在这里是"好吗"的意思。

李　三　对，后边叫，前边催，把我劈成两半儿好不好！（忿忿地往后走）

王利发　拴子的妈，他岁数大了点，你可得……

王淑芬　他抱怨了大半天了！可是抱怨的对！当着他，我不便直说；对你，我可得说实话：咱们得添人！

王利发　添人得给工钱，咱们赚得出来吗？我要是会干别的，可是还开茶馆，我是孙子！

　　　　〔远处隐隐有炮声。

王利发　听听，又他妈的开炮了！你闹，闹！明天开得了张才怪！这是怎么说的！

王淑芬　明白人别说胡涂话，开炮是我闹的？

王利发　别再瞎扯，干活儿去！嘿！

王淑芬　早晚不是累死，就得叫炮轰死，我看透了！（慢慢地往后边走）

王利发　（温和了些）拴子的妈，甭害怕，开过多少回炮，一回也没打死咱们，北京城是宝地！

王淑芬　心哪，老跳到嗓子眼里，宝地！我给三爷拿菜钱去。（下）

　　　　〔一群男女难民在门外央告。

难　民　掌柜的，行行好，可怜可怜吧！

王利发　走吧，我这儿不打发，还没开张！

难　民　可怜可怜吧！我们都是逃难的！

王利发　别耽误工夫！我自己还顾不了自己呢！

　　　　〔巡警上。

巡　警　走！滚！快着！

〔难民散去。

王利发　怎样啊？六爷！又打得紧吗？

巡　警　紧！紧得厉害！仗打得不紧，怎能够有这么多难民呢！上面交派下来，你出八十斤大饼，十二点交齐！城里的兵带着干粮，才能出去打仗啊！

王利发　您圣明，我这儿现在光包后面的伙食，不再卖饭，也还没开张，别说八十斤大饼，一斤也交不出啊！

巡　警　你有你的理由，我有我的命令，你瞧着办吧！（要走）

王利发　您等等！我这儿千真万确还没开张，这您知道！开张以后，还得多麻烦您呢！得啦，您买包茶叶喝吧！（递钞票）您多给美言几句，我感恩不尽！

巡　警　（接票子）我给你说说看，行不行可不保准！

〔三五个大兵，军装破烂，都背着枪，闯进门口。

巡　警　老总们，我这儿正查户口呢，这儿还没开张！

大　兵　屌！

巡　警　王掌柜，孝敬老总们点茶钱，请他们到别处喝去吧！

王利发　老总们，实在对不起，还没开张，要不然，诸位住在这儿，一定欢迎！（递钞票给巡警）

巡　警　（转递给兵们）得啦，老总们多原谅，他实在没法招待诸位！

大　兵　屌！谁要钞票？要现大洋！

王利发　老总们，让我哪儿找现洋去呢？

大　兵　屌！揍他个小舅子！

巡　警　快！再添点！

24

王利发　（掏）老总们，我要是还有二块，请把房子烧了！（递钞
　　　　　票）

大　兵　屌！（接钱下）

巡　警　得，我给你挡住了一场大祸！他们一进来呀，你就全完，连
　　　　　一个茶碗也剩不下！

王利发　我永远忘不了您这点好处！

巡　警　可是为这点功劳，你不得另有份意思吗？

王利发　对！您圣明，我胡涂！可是，您搜我吧，真一个铜子儿也没
　　　　　有啦！（掀起褂子，让他搜）您搜！您搜！

巡　警　我干不过你！明天见，明天还不定是风是雨呢！（下）

王利发　您慢走！（看巡警走去，跺脚）他妈的！打仗，打仗！今天
　　　　　打，明天打，老打！打他妈的什么呢？
　　　　　〔唐铁嘴进来，还是那么瘦，那么脏，可是穿着绸子夹袍。

唐铁嘴　王掌柜！我来给你道喜！

王利发　（还生着气）哟！唐先生？我可不再白送茶喝！（打量，有了
　　　　　笑容）你混的不错呀！穿上绸子啦！

唐铁嘴　比从前好了一点！我感谢这个年月！

王利发　这个年月还值得感谢？听着有点不搭调！

唐铁嘴　年头越乱，我的生意越好！这年月，谁活着谁死都碰运气，
　　　　　怎能不多算算命、相相面呢？你说对不对？

王利发　yes①，也有这么一说！

唐铁嘴　听说后面改了公寓，租给我一间屋子，好不好？

————————

① "yes"是"对"的意思。

王利发　唐先生，你那点嗜好，在我这儿恐怕……

唐铁嘴　我已经不吃大烟了！

王利发　真的？你可真要发财了！

唐铁嘴　我改抽"白面"啦。（指墙上的香烟广告）你看，哈德门烟是又长又松，（掏出烟来表演）一顿就空出一大块，正好放"白面儿"。大英帝国的烟，日本的"白面儿"，两大强国伺候着我一个人，这点福气还小吗？

王利发　福气不小！不小！可是，我这儿已经住满了人，什么时候有了空房，我准给你留着！

唐铁嘴　你呀，看不起我，怕我给不了房租！

王利发　没有的事！都是久在街面上混的人，谁能看不起谁呢？这是知心话吧？

唐铁嘴　你的嘴呀比我的还花俏！

王利发　我可不光要嘴皮子，我的心放得正！这十多年了，你白喝过我多少碗茶？你自己算算！你现在混的不错，你想着还我茶钱没有？

唐铁嘴　赶明儿我一总还给你，那一共才有几个钱呢！（搭讪着往外走）

　　〔街上卖报的喊叫"长辛店大战的新闻，买报瞧，瞧长辛店大战的新闻！"

　　〔报童向内探头。

报　童　掌柜的，长辛店大战的新闻，来一张瞧瞧？

王利发　有不打仗的新闻没有？

报　童　也许有，您自己找！

王利发　走！不瞧！

报　童　掌柜的，你不瞧也照样打仗！（对唐铁嘴）先生，您照顾照
　　　　顾？

唐铁嘴　我不像他（指王利发），我最关心国事！（拿了一张报，没给
　　　　钱即走）

　　　　〔报童追唐铁嘴下。

王利发　（自言自语）长辛店！长辛店！离这里不远啦！（喊）三
　　　　爷，三爷！你倒是抓早儿买点菜去呀，待一会儿准关城门，
　　　　就什么也买不到啦！嘿！（听后面没人应声，含怒往后跑）

　　　　〔常四爷提着一串腌萝卜，两只鸡，走进来。

常四爷　王掌柜！

王利发　谁？哟，四爷！您干什么哪？

常四爷　我卖菜呢！自食其力，不含忽！今儿个城外头乱乱哄哄，买
　　　　不到菜；东抓西抓，抓到这么两只鸡，几斤老腌萝卜。听说
　　　　你明天开张，也许用的着，特意给你送来了！

王利发　我谢谢您！我这儿正没有辙呢！

常四爷　（四下里看）好啊！好啊！收拾得好啊！大茶馆全关了，就
　　　　是你有心路，能随机应变地改良！

王利发　别夸奖我啦！我尽力而为，可就怕天下老这么乱七八糟！

常四爷　像我这样的人算是坐不起这样的茶馆喽！

　　　　〔松二爷走进来，穿的很寒酸，可是还提着鸟笼。

松二爷　王掌柜！听说明天开张，我来道喜！（看见常四爷）哎哟！
　　　　四爷，可想死我喽！

常四爷　二哥！你好哇？

王利发　都坐下吧！

松二爷　王掌柜，你好？太太好？少爷好？生意好？

王利发　（一劲儿说）好！托福！（提起鸡与咸菜）四爷，多少钱？

常四爷　瞧着给，该给多少给多少！

王利发　对！我给你们弄壶茶来！（提物到后面去）

松二爷　四爷，你，你怎么样啊？

常四爷　卖青菜哪！铁杆庄稼没有啦，还不卖膀子力气吗？二爷，您
　　　　怎么样啊？

松二爷　怎么样？我想大哭一场！看见我这身衣裳没有？我还像个人
　　　　吗？

常四爷　二哥，您能写能算，难道找不到点事儿作？

松二爷　嗻，谁愿意瞪着眼挨饿呢！可是，谁要咱们旗人呢！想起来
　　　　呀，大清国不一定好啊，可是到了民国，我挨了饿！

王利发　（端着一壶茶回来。给常四爷钱）不知道您花了多少，我就给
　　　　这么点吧！

常四爷　（接钱，没看，揣在怀里）没关系！

王利发　二爷，（指鸟笼）还是黄鸟吧？哨的怎样？

松二爷　嗻，还是黄鸟！我饿着，也不能叫鸟儿饿着！（有了点精
　　　　神）你看看，看看！（打开罩子）多么体面！一看见它呀，
　　　　我就舍不得死啦！

王利发　松二爷，不准说死！有那么一天，您述会走一步好运！

常四爷　二哥，走！找个地方喝两盅儿去！一醉解千愁！王掌柜，我
　　　　可就不让你啦，没有那么多的钱！

王利发　我也分不开身，就不陪了！

〔常四爷、松二爷正往外走，宋恩子和吴祥子进来。他们俩仍穿灰色大衫，但袖口瘦了，而且罩上青布马褂。

松二爷　（看清楚是他们，不由地上前请安）原来是你们二位爷！

〔王利发似乎受了松二爷的感染，也请安，弄得二人愣住了。

宋恩子　这是怎么啦？民国好几年了，怎么还请安？你们不会鞠躬吗？

松二爷　我看见您二位的灰大褂呀，就想起了前清的事儿！不能不请安！

王利发　我也那样！我觉得请安比鞠躬更过瘾！

吴祥子　哈哈哈哈！松二爷，你们的铁杆庄稼不行了，我们的灰色大褂反倒成了铁杆庄稼，哈哈哈！（看见常四爷）这不是常四爷吗？

常四爷　是呀，您的眼力不错！戊戌年我就在这儿说了句"大清国要完"，叫您二位给抓了走，坐了一年多的牢！

宋恩子　您的记性可也不错！混的还好吧？

常四爷　托福！从牢里出来，不久就赶上庚子年；扶清灭洋，我当了义和团，跟洋人打了几仗！闹来闹去，大清国到底是亡了，该亡！我是旗人，可是我得说公道话！现在，每天起五更弄一挑子青菜，绕到十点来钟就卖光。凭力气挣饭吃，我的身上更有劲了！什么时候洋人敢再动兵，我姓常的还预备跟他们打打呢！我是旗人，旗人也是中国人哪！您二位怎么样？

吴祥子　瞎混呗！有皇上的时候，我们给皇上效力，有袁大总统的时候，我们给袁大总统效力；现而今，宋恩子，该怎么说啦？

29

宋恩子　谁给饭吃，咱们给谁效力！

常四爷　要是洋人给饭吃呢？

松二爷　四爷，咱们走吧！

吴祥子　告诉你，常四爷，要我们效力的都仗着洋人撑腰！没有洋枪洋炮，怎能够打起仗来呢？

松二爷　您说的对！嘻！四爷，走吧！

常四爷　再见吧，二位，盼着你们快快升官发财！（同松二爷下）

宋恩子　这小子！

王利发　（倒茶）常四爷老是那么又倔又硬，别计较他！（让茶）二位喝碗吧，刚沏好的。

宋恩子　后面住着的都是什么人？

王利发　多半是大学生，还有几位熟人。我有登记簿子，随时报告给"巡警阁子"。我拿来，二位看看？

吴祥子　我们不看簿子，看人！

王利发　您甭看，准保都是靠得住的人！

宋恩子　你为什么爱租学生们呢？学生不是什么老实家伙呀！

王利发　这年月，作官的今天上任，明天撤职，作买卖的今天开市，明天关门，都不可靠！只有学生有钱，能够按月交房租，没钱的就上不了大学啊！您看，是这么一笔账不是？

宋恩子　都叫你咂摸透了！你想的对！现在，连我们也欠饷啊！

吴祥子　是呀，所以非天天拿人不可，好得点津贴！

宋恩子　就仗着有错拿，没错放的，拿住人就有津贴！走吧，到后边看看去！

吴祥子　走！

王利发　二位，二位！您放心，准保没错儿！

宋恩子　不看，拿不到人，谁给我们津贴呢？

吴祥子　王掌柜不愿意咱们看，王掌柜必会给咱们想办法！咱们得给王掌柜留个面子！对吧？王掌柜！

王利发　我……

宋恩子　我出个不很高明的主意：干脆来个包月，每月一号，按阳历算，你把那点……

吴祥子　那点意思！

宋恩子　对，那点意思送到，你省事，我们也省事！

王利发　那点意思得多少呢？

吴祥子　多年的交情，你看着办！你聪明，还能把那点意思闹成不好意思吗？

李　三　（提着菜筐由后面出来）喝，二位爷！（请安）今儿个又得关城门吧！（没等回答，往外走）

　　　　　〔二三学生匆匆地回来。

学　生　三爷，先别出去，街上抓伏呢！（往后面走去）

李　三　（还往外走）抓去也好，在哪儿也是当苦力！

　　　　　〔刘麻子丢了魂似的跑来，和李三碰了个满怀。

李　三　怎么回事呀？吓掉了魂儿啦！

刘麻子　（喘着）别，别，别出去！我差点叫他们抓了去！

王利发　三爷，等一等吧！

李　三　午饭怎么开呢？

王利发　跟大家说一声，中午咸菜饭，没别的办法！晚上吃那两只鸡！

李　三　好吧！（往回走）

刘麻子　我的妈呀，吓死我啦！

宋恩子　你活着，也不过多买卖几个大姑娘！

刘麻子　有人卖，有人买，我不过在中间帮帮忙，能怪我吗？（把桌上的三个茶杯的茶先后喝净）

吴祥子　我可是告诉你，我们哥儿们从前清起就专办革命党，不大爱管贩卖人口，拐带妇女什么的臭事。可是你要叫我们碰见，我们也不再睁一眼闭一眼！还有，像你这样的人，弄进去，准锁在尿桶上！

刘麻子　二位爷，别那么说呀！我不是也快挨饿了吗？您看，以前，我走八旗老爷们、宫里太监们的门子。这么一革命啊，可苦了我啦！现在，人家总长次长，团长师长，要娶姨太太讲究要唱落子的坤角，戏班里的女名角，一花就三千五千现大洋！我干瞧着，摸不着门！我那点芝麻粒大的生意算得了什么呢？

宋恩子　你呀，非锁在尿桶上，不会说好的！

刘麻子　得啦，今天我孝敬不了二位，改天我必有一份儿人心！

吴祥子　你今天就有买卖，要不然，兵荒马乱的，你不会出来！

刘麻子　没有！没有！

宋恩子　你嘴里半句实话也没有！不对我们说真话，没有你的好处！王掌柜，我们出去绕绕；下月一号，按阳历算，别忘了！

王利发　我忘了姓什么，也忘不了您二位这回事！

吴祥子　一言为定啦！（同宋恩子下）

王利发　刘爷，茶喝够了吧？该出去活动活动！

刘麻子　你忙你的，我在这儿等两个朋友。

王利发　咱们可把话说开了，从今以后，你不能再在这儿作你的生意，这儿现在改了良，文明啦！

　　　　〔康顺子提着个小包，带着康大力，往里边探头。

康大力　是这里吗？

康顺子　地方对呀，怎么改了样儿？（进来，细看，看见了刘麻子）大力，进来，是这儿！

康大力　找对啦？妈！

康顺子　没错儿！有他在这儿，不会错！

王利发　您找谁？

康顺子　（不语，直奔过刘麻子去）刘麻子，你还认识我吗？（要打，但是伸不出手去，一劲地颤抖）你，你，你个……（要骂，也感到困难）

刘麻子　你这个娘儿们，无缘无故地跟我捣什么乱呢？

康顺子　（挣扎）无缘无故？你，你看看我是谁？一个男子汉，干什么吃不了饭，偏干伤天害理的事！呸！呸！

王利发　这位大嫂，有话好好说！

康顺子　你是掌柜的？你忘了吗？十几年前，有个娶媳妇的太监？

王利发　您，您就是庞太监的那个……

康顺子　都是他（指刘麻子）作的好事，我今天跟他算算账！（又要打，仍未成功）

刘麻子　（躲）你敢！你敢！我好男不跟女斗！（随说随往后退）我，我找人来帮我说说理！（撒腿往后面跑）

王利发　（对康顺子）大嫂，你坐下，有话慢慢说！庞太监呢？

康顺子　（坐下喘气）死啦。叫他的侄子们给饿死的。一改民国呀，他还有钱，可没了势力，所以侄子们敢欺负他。他一死，他的侄子们把我们轰出来了，连一床被子都没给我们！

王利发　这，这是……？

康顺子　我的儿子！

王利发　您的……？

康顺子　也是买来的，给太监当儿子。

康大力　妈！你爸爸当初就在这儿卖了你的？

康顺子　对了，乖！就是这儿，一进这儿的门，我就晕过去了，我永远忘不了这个地方！

康大力　我可不记得我爸爸在哪里卖了我的！

康顺子　那时候，你不是才一岁吗？妈妈把你养大了的，你跟妈妈一条心，对不对？乖！

康大力　那个老东西，掐你，拧你，咬你，还用烟签子扎我！他们人多，咱们打不过他们！要不是你，妈，我准叫他们给打死了！

康顺子　对！他们人多，咱们又太老实！你看，看见刘麻子，我想咬他几口，可是，可是，连一个嘴巴也没打上，我伸不出手去！

康大力　妈，等我长大了，我帮助你打！我不知道亲妈妈是谁，你就是我的亲妈妈！

康顺子　好！好！咱们永远在一块儿，我去挣钱，你去念书！（稍愣了一会儿）掌柜的，当初我在这儿叫人买了去，咱们总算有缘，你能不能帮帮忙，给我找点事作？我饿死不要紧，可不

　　　　　能饿死这个无倚无靠的好孩子！

　　　　　〔王淑芬出来，立在后边听着。

王利发　你会干什么呢？

康顺子　洗洗涮涮、缝缝补补、作家常饭，都会！我是乡下人，我能
　　　　吃苦，只要不再作太监的老婆，什么苦处都是甜的！

王利发　要多少钱呢？

康顺子　有三顿饭吃，有个地方睡觉，够大力上学的，就行！

王利发　好吧，我慢慢给你打听着！你看，十多年前那回事，我到今
　　　　天还没忘，想起来心里就不痛快！

康顺子　可是，现在我们母子上哪儿去呢？

王利发　回乡下找你的老父亲去！

康顺子　他？他是活是死，我不知道。就是活着，我也不能去找他！
　　　　他对不起女儿，女儿也不必再叫他爸爸！

王利发　马上就找事，可不大容易！

王淑芬　（过来）她能洗能作，又不多要钱，我留下她了！

王利发　你？

王淑芬　难道我不是内掌柜的？难道我跟李三爷就该累死？

康顺子　掌柜的，试试我！看我不行，您说话，我走！

王淑芬　大嫂，跟我来！

康顺子　当初我是在这儿卖出去的，现在就拿这儿当作娘家吧！大
　　　　力，来吧！

康大力　掌柜的，你要不打我呀，我会帮助妈妈干活儿！（同王淑
　　　　芬、康顺子下）

王利发　好家伙，一添就是两张嘴！太监取消了，可把太监的家眷交

35

到这里来了！

李　三　（掩护着刘麻子出来）快走吧！（回去）

王利发　就走吧，还等着真挨两个脆的吗？

刘麻子　我不是说过了吗，等两个朋友？

王利发　你呀，叫我说什么才好呢！

刘麻子　有什么法子呢！隔行如隔山，你老得开茶馆，我老得干我这
　　　　一行！到什么时候，我也得干我这一行！

　　　　〔老林和老陈满面笑容地走进来。

刘麻子　（二人都比他年轻，他却称呼他们哥哥）林大哥，陈二哥！
　　　　（看王不满意，赶紧说）王掌柜，这儿现在没有人，我借个
　　　　光，下不为例！

王利发　她（指后边）可是还在这儿呢！

刘麻子　不要紧了，她不会打人！就是真打，他们二位也会帮助我！

王利发　你呀！哼！（到后边去）

刘麻子　坐下吧，谈谈！

老　林　你说吧！老二！

老　陈　你说吧！哥！

刘麻子　谁说不一样啊！

老　陈　你说吧，你是大哥！

老　林　那个，你看，我们俩是把兄弟！

老　陈　对！把兄弟，两个人穿一条裤子的交情！

老　林　他有几块现大洋！

刘麻子　现大洋？

老　陈　林大哥也有几块现大洋！

刘麻子　一共多少块呢？说个数目！

老　林　那，还不能告诉你咧！

老　陈　事儿能办才说咧！

刘麻子　有现大洋，没有办不了的事！

老　林
　　　　真的？
老　陈

刘麻子　说假话是孙子！

老　林　那么，你说吧，老二！

老　陈　还是你说，哥！

老　林　你看，我们是两个人吧？

刘麻子　嗯！

老　陈　两个人穿一条裤子的交情吧？

刘麻子　嗯！

老　林　没人耻笑我们的交情吧？

刘麻子　交情嘛，没人耻笑！

老　陈　也没人耻笑三个人的交情吧？

刘麻子　三个人？都是谁？

老　林　还有个娘儿们！

刘麻子　嗯！嗯！嗯！我明白了！可是不好办，我没办过！你看，平
　　　　常都说小两口儿，哪有小三口儿的呢！

老　林　不好办？

刘麻子　太不好办啦！

老　林　（问老陈）你看呢？

老　陈　还能白拉倒吗？

老　林　不能拉倒！当了十几年兵，连半个媳妇都娶不上！他妈的！

刘麻子　不能拉倒，咱们再想想！你们到底一共有多少块现大洋？

〔王利发和崔久峰由后面慢慢走来。刘麻子等停止谈话。

王利发　崔先生，昨天秦二爷派人来请您，您怎么不去呢？您这么有
　　　　学问，上知天文，下知地理，又作过国会议员，可是住在我
　　　　这里，天天念经；干吗不出去作点事呢？您这样的好人，应
　　　　当出去作官！有您这样的清官，我们小民才能过太平日子！

崔久峰　惭愧！惭愧！作过国会议员，那真是造孽呀！革命有什么用
　　　　呢，不过自误误人而已！唉！现在我只能修持，忏悔！

王利发　您看秦二爷，他又办工厂，又忙着开银号！

崔久峰　办了工厂、银号又怎么样呢？他说实业救国，他救了谁？救
　　　　了他自己，他越来越有钱了！可是他那点事业，哼，外国人
　　　　伸出一个小指头，就把他推倒在地，再也起不来！

王利发　您别这么说呀！难道咱们就一点盼望也没有了吗？

崔久峰　难说！很难说！你看，今天王大帅打李大帅，明天赵大帅又
　　　　打王大帅。是谁叫他们打的？

王利发　谁？哪个混蛋？

崔久峰　洋人！

王利发　洋人？我不能明白！

崔久峰　慢慢地你就明白了。有那么一天，你我都得作亡国奴！我干
　　　　过革命，我的话不是随便说的！

王利发　那么，您就不想想主意，卖卖力气，别叫大家作亡国奴？

崔久峰　我年轻的时候，以天下为己任，的确那么想过！现在，我可
　　　　看透了，中国非亡不可！

王利发　那也得死马当活马治呀！

崔久峰　死马当活马治？那是妄想！死马不能再活，活马可早晚得死！好啦，我到弘济寺去，秦二爷再派人来找我，你就说，我只会念经，不会干别的！（下）

〔宋恩子、吴祥子又回来了。

王利发　二位！有什么消息没有？

〔宋恩子、吴祥子不语，坐在靠近门口的地方，看着刘麻子等。

〔刘麻子不知如何是好，低下头去。

〔老陈、老林也不知如何是好，相视无言。

〔静默了有一分钟。

老　陈　哥，走吧？

老　林　走！

宋恩子　等等！（立起来，挡住路）

老　陈　怎么啦？

吴祥子　（也立起）你说怎么啦？

〔四人呆呆相视一会儿。

宋恩子　乖乖地跟我们走！

老　林　上哪儿？

吴祥子　逃兵，是吧？有些块现大洋，想在北京藏起来，是吧？有钱就藏起来，没钱就当土匪，是吧？

老　陈　你管得着吗？我一个人揍你这样的八个。（要打）

宋恩子　你？可惜你把枪卖了，是吧？没有枪的干不过有枪的，是吧？（拍了拍身上的枪）我一个人揍你这样的八个！

老　林　都是弟兄，何必呢？都是弟兄！

吴祥子　对啦！坐下谈谈吧！你们是要命呢？还是要现大洋？

老　陈　我们那点钱来的不容易！谁发饷，我们给谁打仗，我们打过

　　　　多少次仗啊！

宋恩子　逃兵的罪过，你们可也不是不知道！

老　林　咱们讲讲吧，谁叫咱们是弟兄呢！

吴祥子　这像句自己的话！谈谈吧！

王利发　（在门口）诸位，大令过来了！

老　陈

　　　　啊！（惊惶失措，要往里边跑）

老　林

宋恩子　别动！君子一言：把现大洋分给我们一半，保你们俩没事！

　　　　咱们是自己人！

老　林

　　　　就那么办！自己人！

老　陈

〔“大令”进来：二捧刀——刀缠红布——背枪者前导，手捧令箭的

　　　　在中，四持黑红棍者在后。军官在最后押队。

吴祥子　（和宋恩子、老林、老陈一齐立正，从帽中取出证章，叫军官

　　　　看）报告官长，我们正在这儿盘查一个逃兵。

军　官　就是他吗？（指刘麻子）

吴祥子　（指刘麻子）就是他！

军　官　绑！

刘麻子　（喊）老爷！我不是！不是！

军　官　绑！（同下）

　　　　　　　　　　　　　　　　　　　　　　　　　　　（幕）

第三幕

人物　王大拴　明师傅　于厚斋　周秀花　邹福远　小宋恩子
　　　王小花　卫福喜　小吴祥子　康顺子　方六　常四爷
　　　丁宝　车当当　秦仲义　王利发　庞四奶奶　小心眼
　　　茶客甲、乙　春梅　沈处长　小刘麻子　老杨　宪兵四人
　　　取电灯费的　小二德子　小唐铁嘴　谢仁勇

时间　抗日战争胜利后，国民党特务和美国兵在北京横行的时候。
　　　秋，清晨。

地点　同前幕。

〔幕启：现在，裕泰茶馆的样子可不像前幕那么体面了。藤椅
已不见，代以小凳与条凳。自房屋至家具都显着暗淡无光。假
若有什么突出惹眼的东西，那就是"莫谈国事"的纸条，条子
更多，字也更大了。在这些条子旁边还贴着"茶钱先付"的新
纸条。

〔一清早，还没有下窗板。王利发的儿子王大拴，垂头丧气地
独自收拾屋子

〔王大拴的妻周秀花，领着小女儿王小花，由后面出来。她们
一边走一边说话儿。

王小花　妈，晌午给我作热汤面吧！好多天没吃过啦！

周秀花　我知道，乖！可谁知道买得着面买不着呢！就是粮食店里可巧有面，谁知道咱们有钱没有呢！唉！

王小花　就盼着两样都有吧！妈！

周秀花　你倒想得好，可哪能那么容易！去吧，小花，在路上留神吉普车！

王大拴　小花，等等！

王小花　干吗？爸！

王大拴　昨天晚上……

周秀花　我已经嘱咐过她了！她懂事！

王大拴　你大力叔叔的事万不可对别人说呀！说了，咱们全家都得死！明白吧？

王小花　我不说，打死我也不说！有人问我大力叔叔回来过没有，我就说：他走了好几年，一点消息也没有！

〔康顺子由后面走来。她的腰有点弯，但还硬朗。她一边走一边叫王小花。

康顺子　小花！小花！还没走哪？

王小花　康婆婆，干吗呀？

康顺子　小花，乖！婆婆再看你一眼！（抚弄王小花的头）多体面哪！吃的不足啊，要不然还得更好看呢！

周秀花　大婶，您是要走吧？

康顺子　是呀！我走，好让你们省点嚼谷呀！大力是我拉扯大的，他叫我走，我怎能不走呢？当初，我刚到这里的时候，他还没有小花这么高呢！

王小花　看大力叔叔现在多么壮实，多么大气！

康顺子　是呀，虽然他只在这儿坐了一袋烟的工夫呀，可是叫我年轻了好几岁！我本来什么也没有，一见着他呀，好像忽然间我什么都有啦！我走，跟着他走，受什么累，吃什么苦，也是香甜的！看他那两只大手，那两只大脚，简直是个顶天立地的男子汉！

王小花　婆婆，我也跟您去！

康顺子　小花，你乖乖地去上学，我会回来看你！

王大拴　小花，上学吧，别迟到！

王小花　婆婆，等我下了学您再走！

康顺子　哎！哎！去吧，乖！（王小花下）

王大拴　大婶，我爸爸叫您走吗？

康顺子　他还没打好了主意。我倒怕呀，大力回来的事儿万一叫人家知道了啊，我又忽然这么一走，也许要连累了你们！这年月不是天天抓人吗？我不能作对不起你们的事！

周秀花　大婶，您走您的，谁逃出去谁得活命！

王大拴　对！

康顺子　小花的妈，来吧，咱们再商量商量！我不能专顾自己，叫你们吃亏！老大，你也好好想想！（同周秀花下）

　　　　〔丁宝进来。

丁　宝　嗨，掌柜的，我来啦！

王大拴　你是谁？

丁　宝　小丁宝！小刘麻子叫我来的，他说这儿的老掌柜托他请个女招待。

王大拴　姑娘，你看看，这么个破茶馆，能用女招待吗？我们老掌柜呀，穷得乱出主意！

〔王利发慢慢地走出来，他还硬朗，穿的可很不整齐。

王利发　老大，你怎么老在背后褒贬老人呢？谁穷得乱出主意呀？下
　　　　板子去！什么时候了，还不开门！

〔王大拴去下窗板。

丁　宝　老掌柜，你硬朗啊？

王利发　嗯！要有炸酱面的话，我还能吃三大碗呢，可情没有！十几
　　　　了？姑娘！

丁　宝　十七！

王利发　才十七？

丁　宝　是呀！妈妈是寡妇，带着我过日子。胜利以后呀，政府硬说
　　　　我爸爸给我们留下的一所小房子是逆产，给没收啦！妈妈气
　　　　死了，我作了女招待！老掌柜，我到今天还不明白什么叫逆
　　　　产，您知道吗？

王利发　姑娘，说话留点神！一句话说错了，什么都可以变成逆产！
　　　　你看，这后边呀，是秦二爷的仓库，有人一瞪眼，说是逆
　　　　产，就给没收啦！就是这么一回事！

〔王大拴回来。

丁　宝　老掌柜，您说对了！连我也是逆产，谁的胳臂粗，我就得伺
　　　　候谁！他妈的，我才十七，就常想还不如死了呢！死了落个
　　　　整尸首，干这一行，活着身上就烂了！

王大拴　爸，您真想要女招待吗？

王利发　我跟小刘麻子瞎聊来着！我一辈子老爱改良，看着生意这么
　　　　不好，我着急！

44

王大拴　您着急，我也着急！可是，您就忘记老裕泰这个老字号了吗？六十多年的老字号，用女招待？

丁　宝　什么老字号啊！越老越不值钱！不信，我现在要是二十八岁，就是叫小小丁宝，小丁宝贝，也没人看我一眼！

〔茶客甲、乙上。

王利发　二位早班儿！带着叶子哪？老大拿开水去！（王大拴下）二位，对不起，茶钱先付！

茶客甲　没听说过！

王利发　我开过几十年茶馆，也没听说过！可是，您圣明：茶叶、煤球儿都一会儿一个价钱，也许您正喝着茶，茶叶又长了价钱！您看，先收茶钱不是省得麻烦吗？

茶客乙　我看哪，不喝更省事！（同茶客甲下）

王大拴　（提来开水）怎么？走啦！

王利发　这你就明白了！

丁　宝　我要是过去说一声："来了？小子！"他们准给一块现大洋！

王利发　你呀，老大，比石头还顽固！

王大拴　（放下壶）好吧，我出去蹓蹓，这里出不来气！（下）

王利发　你出不来气，我还憋得慌呢！

〔小刘麻子上，穿着洋服，夹着皮包。

小刘麻子　小丁宝，你来啦？

丁　宝　有你的话，谁敢不来呀！

小刘麻子　王掌柜，看我给你找来的小宝贝怎样？人材、岁数、打扮、经验，样样出色！

王利发　就怕我用不起吧？

小刘麻子　没的事！她不要工钱！是吧，小丁宝？

王利发　不要工钱？

小刘麻子　老头儿，你都甭管，全听我的，我跟小丁宝有我们一套办法！是吧，小丁宝？

丁　宝　要是没你那一套办法，怎会缺德呢！

小刘麻子　缺德？你算说对了！当初，我爸爸就是由这儿绑出去的；不信，你问王掌柜；是吧，王掌柜？

王利发　我亲眼得见！

小刘麻子　你看，小丁宝，我不乱吹吧？绑出去，就在马路中间，磕喳一刀！是吧，老掌柜？

王利发　听得真真的！

小刘麻子　我不说假话吧？小丁宝！可是，我爸爸到底差点事，一辈子混的并不怎样。轮到我自己出头露面了，我必得干的特别出色。（打开皮包，拿出计划书）看，小丁宝，看看我的计划！

丁　宝　我没那么大的工夫！我看哪，我该回家，休息一天，明天来上工。

王利发　丁宝，我还没想好呢！

小刘麻子　王掌柜，我都替你想好啦！不信，你等着看，明天早上，小丁宝在门口儿歪着头那么一站，马上就进来二百多茶座儿！小丁宝，你听听我的计划，跟你有关系。

丁　宝　哼！但愿跟我没关系！

小刘麻子　你呀，小丁宝，不够积极！听着……

〔取电灯费的进来。

取电灯费的　掌柜的，电灯费！

王利发　电灯费？欠几个月的啦？

取电灯费的　三个月的！

王利发　再等三个月，凑半年，我也还是没办法！

取电灯费的　那像什么话呢？

小刘麻子　地道真话嘛！这儿属沈处长管。知道沈处长吧？市党部的
　　　　委员，宪兵司令部的处长！你愿意收他的电费吗？说！

取电灯费的　什么话呢，当然不收！对不起，我走错了门儿！（下）

小刘麻子　看，王掌柜，你不听我的行不行？你那套光绪年的办法太
　　　　守旧了！

王利发　对！要不怎么说，人要活到老学到老呢！我还得多学！

小刘麻子　就是嘛！

〔小唐铁嘴进来，穿着绸子夹袍，新缎鞋。

小刘麻子　哎哟，他妈的是你，小唐铁嘴！

小唐铁嘴　哎哟，他妈的是你，小刘麻子！来，叫爷爷看看！（看前
　　　　看后）你小子行，洋服穿的像那么一回事，由后边看哪，
　　　　你比洋人还更像洋人！老王掌柜，我夜观天象，紫薇星发
　　　　亮，不久必有真龙天子出现，所以你看我跟小刘麻子，和这
　　　　位……

小刘麻子　小丁宝，九城闻名！

小唐铁嘴　……和这位小丁宝，才都这么才貌双全，文武带打，我们
　　　　是应运而生，活在这个时代，真是如鱼得水！老掌柜，把脸
　　　　转正了，我看看！好，好，印堂发亮，还有一步好运！来

吧，给我碗喝吧！

王利发　小唐铁嘴！

小唐铁嘴　别再叫唐铁嘴，我现在叫唐天师！

小刘麻子　谁封你作了天师？

小唐铁嘴　待两天你就知道了。

王利发　天师，可别忘了，你爸爸白喝了我一辈子的茶，这可不能世袭！

小唐铁嘴　王掌柜，等我穿上八卦仙衣的时候，你会后悔刚才说了什么！你等着吧！

小刘麻子　小唐，待会儿我请你去喝咖啡，小丁宝作陪，你先听我说点正经事，好不好？

小唐铁嘴　王掌柜，你就不想想，天师今天白喝你点茶，将来会给你个县知事作作吗？好吧，小刘你说！

小刘麻子　我这儿刚跟小丁宝说，我有个伟大的计划！

小唐铁嘴　好！洗耳恭听！

小刘麻子　我要组织一个"拖拉撕"。这是个美国字，也许你不懂，翻成北京话就是"包园儿"。

小唐铁嘴　我懂！就是说，所有的姑娘全由你包办。

小刘麻子　对！你的脑力不坏！小丁宝，听着，这跟你有密切关系！甚至于跟王掌柜也有关系！

王利发　我这儿听着呢！

小刘麻子　我要把舞女、明娼、暗娼、吉普女郎和女招待全组织起来，成立那么一个大"拖拉撕"。

小唐铁嘴　（闭着眼问）官方上疏通好了没有？

小刘麻子　当然！沈处长作董事长，我当总经理！

小唐铁嘴　我呢？

小刘麻子　你要是能琢磨出个好名字来，请你作顾问！

小唐铁嘴　车马费不要法币！

小刘麻子　每月送几块美钞！

小唐铁嘴　往下说！

小刘麻子　业务方面包括：买卖部、转运部、训练部、供应部，四大
　　　　　部。谁买姑娘，还是谁卖姑娘；由上海调运到天津，还是由
　　　　　汉口调运到重庆；训练吉普女郎，还是训练女招待；是供应
　　　　　美国军队，还是各级官员，都由公司统一承办，保证人人满
　　　　　意。你看怎样？

小唐铁嘴　太好！太好！在道理上，这合乎统制一切的原则。在实际
　　　　　上，这首先能满足美国兵的需要，对国家有利！

小刘麻子　好吧，你就给想个好名字吧！想个文雅的，像"柳叶眉、
　　　　　杏核眼，樱桃小口一点点"那种诗那么文雅的！

小唐铁嘴　嗯——"拖拉撕"，"拖拉撕"……不雅！拖进来，拉进
　　　　　来，不听话就撕成两半儿，倒好像是绑票儿撕票儿，不雅！

小刘麻子　对，是不大雅！可那是美国字，吃香啊！

小唐铁嘴　还是联合公司响亮、大方！

小刘麻子　有你这么一说！什么联合公司呢？

丁　宝　缺德公司就挺好！

小刘麻子　小丁宝，谈正经事，不许乱说！你好好干，将来你有作女
　　　　　招待总教官的希望！

小唐铁嘴　看这个怎样——花花联合公司？姑娘是什么？鲜花嘛！要

姑娘就得多花钱，花呀花呀，所以花花！"青是山，绿是水，花花世界"，又有典故，出自《武家坡》！好不好？

小刘麻子　小唐，我谢谢你，谢谢你！（热烈握手）我马上找沈处长去研究一下，他一赞成，你的顾问就算当上了！（收拾皮包，要走）

王利发　我说，丁宝的事到底怎么办？

小刘麻子　没告诉你不用管吗？"拖拉撕"统办一切，我先在这里试验试验。

丁　宝　你不是说喝咖啡去吗？

小刘麻子　问小唐去不去？

小唐铁嘴　你们先去吧，我还在这儿等个人。

小刘麻子　咱们走吧，小丁宝！

丁　宝　明天见，老掌柜！再见，天师！（同小刘麻子下）

小唐铁嘴　王掌柜，拿报来看看！

王利发　那，我得慢慢地找去。二年前的还许有几张！

小唐铁嘴　废话！

　　　　〔进来三位茶客：明师傅、邹福远，和卫福喜。明师傅独坐，邹福远与卫福喜同坐。王利发都认识，向大家点头。

王利发　哥儿们，对不起啊，茶钱先付！

明师傅　没错儿，老哥哥！

王利发　唉！"茶钱先付"，说着都烫嘴！（忙着沏茶）

邹福远　怎样啊？王掌柜！晚上还添评书不添啊？

王利发　试验过了，不行！光费电，不上座儿！

邹福远　对！您看，前天我在会仙馆，开三侠四义五霸十雄十三杰九老十五小，大破凤凰山，百鸟朝凤，棍打凤腿，您猜上了多少座儿？

王利发　多少？那点书现在除了您，没有人会说！

邹福远　您说的在行！可是，才上了五个人，还有俩听蹭儿的！

卫福喜　师哥，无论怎么说，你比我强！我又闲了一个多月啦！

邹福远　可谁叫你跳了行，改唱戏了呢？

卫福喜　我有嗓子，有扮相嘛！

邹福远　可是上了台，你又不好好地唱！

卫福喜　妈的唱一出戏，挣不上三个杂合面饼子的钱，我干吗卖力气呢？我疯啦？

邹福远　唉！福喜，咱们哪，全叫流行歌曲跟《纺棉花》给顶垮喽！我是这么看，咱们死，咱们活着，还在其次，顶伤心的是咱们这点玩艺儿，再过几年都得失传！咱们对不起祖师爷！常言道：邪不侵正。这年头就是邪年头，正经东西全得连根儿烂！

王利发　唉！（转至明师傅处）明师傅，可老没来啦！

明师傅　出不来喽！包监狱里的伙食呢！

王利发　您！就凭您，办一二百桌满汉全席的手儿，去给他们蒸窝窝头？

明师傅　那有什么办法呢，现而今就是狱里人多呀！满汉全席？我连家伙都卖喽！

　　　　〔方六拿着几张画儿进来。

明师傅　六爷，这儿！六爷，那两桌家伙怎样啦？我等钱用！

方　六　明师傅，您挑一张画儿吧！

明师傅　啊？我要画儿干吗呢？

方　六　这可画的不错！六大山人、董弱梅画的！

明师傅　画的天好，当不了饭吃啊！

方　六　他把画儿交给我的时候，直掉眼泪！

明师傅　我把家伙交给你的时候，也直掉眼泪！

方　六　谁掉眼泪，谁吃燉肉，我都知道！要不怎么我累心呢！你当是干我们这一行，专凭打打小鼓就行哪？

明师傅　六爷，人总有颗人心哪，你还能坑老朋友吗？

方　六　一共不是才两桌家伙吗？小事儿，别再提啦，再提就好像不大懂交情了！

　　　　〔车当当，敲着两块洋钱，进来。

车当当　谁买两块？买两块吧？天师，照顾照顾？（小唐铁嘴不语）

王利发　当当！别处转转吧，我连现洋什么模样都忘了！

车当当　那，你老人家就细细看看吧！白看，不用买票！（往桌上扔钱）

　　　　〔庞四奶奶进来，带着春梅。庞四奶奶的手上戴满各种戒指，打扮得像个女妖精。卖杂货的老杨跟进来。

小唐铁嘴　娘娘！

方　六

车当当　娘娘！

庞四奶奶　天师！

小唐铁嘴　伺候娘娘！（让庞四奶奶坐，给她倒茶）

庞四奶奶　（看车当当要出去）当当，你等等！

车当当　嘛！

52

老　　杨　（打开货箱）娘娘，看看吧！

庞四奶奶　唱唱那套词儿，还倒怪有个意思！

老　　杨　是！美国针、美国线、美国牙膏，美国消炎片。还有口红、
　　　　　雪花膏，玻璃袜子细毛线。箱子小，货物全，就是不卖原
　　　　　子弹！

庞四奶奶　哈哈哈！（挑了两双袜子）春梅，拿着！当当，你跟老杨
　　　　　算账吧！

车当当　娘娘，别那么办哪！

庞四奶奶　我给你拿的本钱，利滚利，你欠我多少啦？天师，查账！

小唐铁嘴　是！（掏小本）

车当当　天师，你甭操心，我跟老杨算去！

老　　杨　娘娘，您行好吧！他能给我钱吗？

庞四奶奶　老杨，他坑不了你，都有我呢！

老　　杨　是！（向众）还有哪位照顾照顾？（又要唱）美国针……

庞四奶奶　听够了！走！

老　　杨　是！美国针、美国线，我要不走是浑蛋！走，当当！（同车
　　　　　当当下）

方　　六　（过来）娘娘，我得到一堂景泰蓝的五供儿，东西老，地
　　　　　道，也便宜，坛上用顶体面，您看看吧？

庞四奶奶　请皇上看看吧！

方　　六　是！皇上不是快登基了吗？我先给您道喜！我马上取去，送
　　　　　到坛上！娘娘多给美言几句，我必有份人心！（往外走）

明师傅　六爷，我的事呢？！

方　　六　你先给我看着那几张画！（下）

明师傅　你等等！坑我两桌家伙，我还有把切菜刀呢！（追下）

庞四奶奶　王掌柜，康妈妈在这儿哪？请她出来！

小唐铁嘴　我去！（跑到后门）康老太太，您来一下！

王利发　什么事？

小唐铁嘴　朝廷大事！

〔康顺子上。

康顺子　干什么呀？

庞四奶奶　（迎上去）婆母！我是您的四侄媳妇，来接您，快坐下
　　　　吧！（拉康顺子坐下）

康顺子　四侄媳妇？

庞四奶奶　是呀！您离开庞家的时候，我还没过门哪。

康顺子　我跟庞家一刀两断啦，找我干吗？

庞四奶奶　您的四侄子海顺呀，是三皇道的大坛主，国民党的大党
　　　　员，又是沈处长的把兄弟，快作皇上啦，您不喜欢吗？

康顺子　快作皇上？

庞四奶奶　啊！龙袍都作好啦，就快在西山登基！

康顺子　你们这不是要造反吗？

小唐铁嘴　老太太，西山一带有八路军。庞四爷在那一带登基，消灭
　　　　八路，南京能够不愿意吗？

庞四奶奶　四爷呀都好，近来可是有点贪酒好色。他已经弄了好几个
　　　　小老婆！

小唐铁嘴　娘娘，三宫六院七十二妃嫔，可有书可查呀！

庞四奶奶　你不是娘娘，怎么知道娘娘的委屈！老太太，我是这么
　　　　想：您要是跟我一条心，我叫您作老太后，咱们俩一齐管着

皇上，我这个娘娘不就好作一点了吗？老太太，您跟我去，吃好的喝好的，兜儿里老带着那么几块当当响的洋钱，够多么好啊！

康顺子　我要是不跟你去呢？

庞四奶奶　啊？不去？（要翻脸）

小唐铁嘴　让老太太想想，想想！

康顺子　用不着想，我不会再跟庞家的人打交道！四媳妇，你作你的娘娘，我作我的苦老婆子，谁也别管谁！刚才你要瞪眼睛，你当我怕你吗？我在外边也混了这么多年，磨练出来点了，谁跟我瞪眼，我会伸手打！（立起，往后走）

小唐铁嘴　老太太！老太太！

康顺子　（立住，转身对小唐铁嘴）你呀，小伙子，挺起腰板来，去挣碗干净饭吃，不好吗？（下）

庞四奶奶　（移怒于王利发）王掌柜，过来！你去跟那个老婆子说说！说好了，我送给你一袋子白面！说不好，我砸了你的茶馆！天师，走！

小唐铁嘴　王掌柜，我晚上还来，听你的回话！

王利发　万一我下半天就死了呢？

庞四奶奶　呸！你还不该死吗？（与小唐铁嘴、春梅同下）

王利发　哼！

邹福远　师弟，你看这算哪一出？哈哈哈！

卫福喜　我会二百多出戏，就是不懂这一出！你知道那个娘儿们的出身吗？

邹福远　我还能不知道！东霸天的女儿，在娘家就生过……得，别细说，咱们积点口德吧!

〔王大拴回来。

王利发　看着点，老大。我到后面商量点事!（下）

小二德子　（在外面大吼一声）闪开了!（进来）大拴哥，沏壶顶好的，我有钱!（掏出四块现洋，一块一块地放下）给算算，刚才花了一块，这儿还有四块，五毛打一个，我一共打了几个?

王大拴　十个。

小二德子　（用手指算）对! 前天四个，昨天六个，可不是十个! 大拴哥，你拿两块吧! 没钱，我白喝你的茶; 有钱，就给你! 你拿吧!（吹一块，放在耳旁听听）这块好，就一块当两块吧，给你!

王大拴　（没接钱）小二德子，什么生意这么好啊? 现大洋不容易看到啊!

小二德子　念书去了!

王大拴　把"一"字都念成扁担，你念什么书啊?

小二德子　（拿起桌上的壶来，对着壶嘴喝了一气，低声说）市党部派我去的，法政学院。没当过这么美的差事，太美，太过瘾! 比在天桥好的多! 打一个学生，五毛现洋! 昨天揍了几个来着?

王大拴　六个。

小二德子　对! 里边还有两个女学生! 一拳一拳地下去，太美，太过瘾! 大拴哥，你摸摸，摸摸!（伸臂）铁筋洋灰的! 用这个揍男女学生，你想想，美不美?

王大拴　他们就那么老实，乖乖地叫你打？

小二德子　我专找老实的打呀！你当我是傻子哪？

王大拴　小二德子，听我说，打人不对！

小二德子　可也难说！你看教党义的那个教务长，上课先把手枪拍在
　　　　　桌上，我不过抢抢拳头，没动手枪啊！

王大拴　什么教务长啊，流氓！

小二德子　对！流氓！不对，那我也是流氓喽！大拴哥，你怎么绕着
　　　　　脖子骂我呢？大拴哥，你有骨头！不怕我这铁筋洋灰的胳
　　　　　臂！

王大拴　你就是把我打死，我不服你还是不服你，不是吗？

小二德子　喝，这么绕脖子的话，你怎么想出来的？大拴哥，你应当
　　　　　去教党义，你有文才！好啦，反正今天我不再打学生！

王大拴　干吗光是今天不打？永远不打才对！

小二德子　不是今天我另有差事吗？

王大拴　什么差事？

小二德子　今天打教员！

王大拴　干吗打教员？打学生就不对，还打教员？

小二德子　上边怎么交派，我怎么干！他们说，教员要罢课。罢课就
　　　　　是不老实，不老实就得揍！他们叫我上这儿等着，看见教员
　　　　　就揍！

邹福远　（嗅出危险）师弟，咱们走吧！

卫福喜　走！（同邹福远下）

小二德子　大拴哥，你拿着这块钱吧！

王大拴　打女学生的钱，我不要！

小二德子 （另拿一块）换换，这块是打男学生的，行了吧？（看王大拴还是摇头）这么办，你替我看着点，我出去买点好吃的，请请你，活着还不为吃点喝点老三点吗？（收起现洋，下）

〔康顺子提着小包出来，王利发与周秀花跟着。

康顺子 王掌柜，你要是改了主意，不让我走，我还可以不走！

王利发 我……

周秀花 庞四奶奶也未必敢砸茶馆！

王利发 你怎么知道？三皇道是好惹的？

康顺子 我顶不放心的还是大力的事！只要一走漏了消息，大家全完！那比砸茶馆更厉害！

王大拴 大婶，走！我送您去！爸爸，我送送她老人家，可以吧？

王利发 嗯——

周秀花 大婶在这儿受了多少年的苦，帮了咱们多少忙，还不应当送送？

王利发 我并没说不叫他送！送！送！

王大拴 大婶，等等，我拿件衣服去！（下）

周秀花 爸，您怎么啦？

王利发 别再问我什么，我心里乱！一辈子没这么乱过！媳妇，你先陪大婶走，我叫老大追你们！大婶，外边不行啊，就还回来！

周秀花 老太太，这儿永远是您的家！

王利发 可谁知道也许……

康顺子 我也不会忘了你们！老掌柜，你硬硬朗朗的吧！（同周秀花

下)

王利发　（送了两步，立住）硬硬朗朗的干什么呢？

　　　　〔谢勇仁和于厚斋进来。

谢勇仁　（看看墙上，先把茶钱放在桌上）老人家，沏一壶来。（坐）

王利发　（先收钱）好吧。

于厚斋　勇仁，这恐怕是咱们末一次坐茶馆了吧？

谢勇仁　以后我倒许常来。我决定改行，去蹬三轮儿！

于厚斋　蹬三轮一定比当小学教员强！

谢勇仁　我偏偏教体育，我饿，学生们饿，还要运动，不是笑话吗？

　　　　〔王小花跑进来。

王利发　小花，怎这么早就下了学呢？

王小花　老师们罢课啦！（看见于厚斋、谢勇仁）于老师，谢老师！你
　　　　们都没上学去，不教我们啦？还教我们吧！见不着老师，同
　　　　学们都哭啦！我们开了个会，商量好，以后一定都守规矩，
　　　　不招老师们生气！

于厚斋　小花！老师们也不愿意耽误了你们的功课。可是，吃不上
　　　　饭，怎么教书呢？我们家里也有孩子，为教别人的孩子，叫
　　　　自己的孩子挨饿，不是不公道吗？好孩子，别着急，喝完
　　　　茶，我们开会去，也许能够想出点办法来！

谢勇仁　好好在家温书，别乱跑去，小花！

　　　　〔王大拴由后面出来，夹着个小包。

王小花　爸，这是我的两位老师！

王大拴　老师们，快走！他们埋伏下了打手！

王利发　谁？

王大拴　小二德子！他刚出去，就回来！

王利发　二位先生，茶钱退回（递钱），请吧！快！

王大拴　随我来！

　　　　〔小二德子上。

小二德子　街上有游行的，他妈的什么也买不着！大拴哥，你上哪
　　　　儿？这俩是谁？

王大拴　喝茶的！（同于厚斋、谢勇仁往外走）

小二德子　站住！（三人还走）怎么？不听话？先揍了再说！

王利发　小二德子！

小二德子　（拳已出去）尝尝这个！

谢勇仁　（上面一个嘴巴，下面一脚）尝尝这个！

小二德子　哎哟！（倒下）

王小花　该！该！

谢勇仁　起来，再打！

小二德子　（起来，捂着脸）喝！喝！（往后退）喝！

王大拴　快走！（扯二人下）

小二德子　（迁怒）老掌柜，你等着吧，你放走了他们，待会儿我跟
　　　　你算账！打不了他们，还打不了你这个糟老头子吗？（下）

王小花　爷爷，爷爷！小二德子追老师们去了吧？那可怎么好！

王利发　他不敢！这路人我见多了，都是软的欺，硬的怕！

王小花　他要是回来打您呢？

王利发　我？爷爷会说好话呀。

王小花　爸爸干什么去了？

王利发　出去一会儿，你甭管！上后边温书去吧，乖！

王小花　老师们可别吃了亏呀，我真不放心！（下）

　　　　　〔丁宝跑进来。

丁　宝　老掌柜，老掌柜！告诉你点事！

王利发　说吧，姑娘！

丁　宝　小刘麻子呀，没安着好心，他要霸占这个茶馆！

王利发　怎么霸占？这个破茶馆还值得他们霸占？

丁　宝　待会儿他们就来，我没工夫细说，你打个主意吧！

王利发　姑娘，我谢谢你！

丁　宝　我好心好意来告诉你，你可不能卖了我呀！

王利发　姑娘，我还没老胡涂了！放心吧！

丁　宝　好！待会儿见！（下）

　　　　　〔周秀花回来。

周秀花　爸，他们走啦。

王利发　好！

周秀花　小花的爸说，叫您放心，他送到了地方就回来。

王利发　回来不回来都随他的便吧！

周秀花　爸，您怎么啦？干吗这么不高兴？

王利发　没事！没事！看小花去吧。她不是想吃热汤面吗？要是还有
　　　　点面的话，给她作一碗吧，孩子怪可怜的，什么也吃不着！

周秀花　一点白面也没有！我看看去，给她作点杂合面疙疸汤吧！
　　　　（下）

　　　　　〔小唐铁嘴回来。

小唐铁嘴　王掌柜，说好了吗？

王利发　晚上，晚上一定给你回话！

小唐铁嘴　王掌柜，你说我爸爸白喝了一辈子的茶，我送你几句救命的话，算是替他还账吧。告诉你，三皇道现在比日本人在这儿的时候更厉害，砸你的茶馆比砸个沙锅还容易！你别太大意了！

王利发　我知道！你既买我的好，又好去对娘娘表表功！是吧？

〔小宋恩子和小吴祥子进来，都穿着新洋服。

小唐铁嘴　二位，今天可够忙的？

小宋恩子　忙得厉害！教员们大暴动！

王利发　二位，"罢课"改了名儿，叫"暴动"啦？

小唐铁嘴　怎么啦？

小吴祥子　他们还能反到天上去吗？到现在为止，已经抓了一百多，打了七十几个，叫他们反吧！

小宋恩子　太不知好歹！他们老老实实的，美国会送来大米、白面嘛！

小唐铁嘴　就是！二位，有大米、白面，可别忘了我！以后，给大家的坟地看风水，我一定尽义务！好！二位忙吧！（下）

小吴祥子　你刚才问，"罢课"改叫"暴动"啦？王掌柜！

王利发　岁数大了，不懂新事，问问！

小宋恩子　哼！你就跟他们是一路货！

王利发　我？您太高抬我啦！

小吴祥子　我们忙，没工夫跟你费话，说干脆的吧！

王利发　什么干脆的？

小宋恩子　教员们暴动，必有主使的人！

王利发　谁？

小吴祥子　昨天晚上谁上这儿来啦?

王利发　康大力!

小宋恩子　就是他! 你把他交出来吧!

王利发　我要是知道他是那路人，还能够随便说出来吗? 我跟你们的
　　　　爸爸打交道多少年，还不懂这点道理?

小吴祥子　甭跟我们拍老腔，说真的吧!

王利发　交人，还是拿钱，对吧?

小宋恩子　你真是我爸爸教出来的! 对啦，要是不交人，就把你的金
　　　　条拿出来! 别的铺子都随开随倒，你可混了这么多年，必定
　　　　有点底!

　　　　　〔小二德子匆匆跑来。

小二德子　快走! 街上的人不够用啦! 快走!

小吴祥子　你小子管干吗的?

小二德子　我没闲着，看，脸都肿啦!

小宋恩子　掌柜的，我们马上回来，你打主意吧!

王利发　不怕我跑了吗?

小吴祥子　老梆子，你真逗气儿! 你跑到阴间去，我们也会把你抓回
　　　　来! （打了王利发一掌，同小宋恩子、小二德子下）

王利发　（向后叫）小花! 小花的妈!

周秀花　（同王小花跑出来）我都听见了! 怎么办?

王利发　快走! 追上康妈妈! 快!

王小花　我拿书包去! （下）

周秀花　拿上两件衣裳，小花! 爸，剩您一个人怎么办?

王利发　这是我的茶馆，我活在这儿，死在这儿!

〔王小花挎着书包，夹着点东西跑回来。

周秀花　爸爸！

王小花　爷爷！

王利发　都别难过，走！（从怀中掏出所有的钱和一张旧像片）媳妇，拿着这点钱！小花，拿着这个，老裕泰三十年前的像片，交给你爸爸！走吧！

〔小刘麻子同丁宝回来。

小刘麻子　小花，教员罢课，你住姥姥家去呀？

王小花　对啦！

王利发　（假意地）媳妇，早点回来！

周秀花　爸，我们住两天就回来！（同王小花下）

小刘麻子　王掌柜，好消息！沈处长批准了我的计划！

王利发　大喜，大喜！

小刘麻子　您也大喜，处长也批准修理这个茶馆！我一说，处长说好！他呀老把"好"说成"蒿"，特别有个洋味儿！

王利发　都是怎么一回事？

小刘麻子　从此你算省心了！这儿全属我管啦，你搬出去！我先跟你说好了，省得以后你麻烦我！

王利发　那不能！凑巧，我正想搬家呢。

丁　宝　小刘，老掌柜在这儿多少年啦，你就不照顾他一点吗？

小刘麻子　看吧！我办事永远厚道！王掌柜，我接处长去，叫他看看这个地方。你把这儿好好收拾一下！小丁宝，你把小心眼找来，迎接处长！带点香水，好好喷一气，这里臭哄哄的！走！（同丁宝下）

王利发　好！真好！太好！哈哈哈！

〔常四爷提着小筐进来，筐里有些纸钱和花生米。他虽年过七十，可是腰板还不太弯。

常四爷　什么事这么好哇，老朋友！

王利发　哎哟！常四哥！我正想找你这么一个人说说话儿呢！我沏一壶顶好的茶来，咱们喝喝！（去沏茶）

〔秦仲义进来。他老的不像样子了，衣服也破旧不堪。

秦仲义　王掌柜在吗？

常四爷　在！您是……

秦仲义　我姓秦。

常四爷　秦二爷！

王利发　谁？秦二爷？（端茶来）正想去告诉您一声，这儿要大改良！坐！坐！

常四爷　我这儿有点花生米（抓）。喝茶吃花生米，这可真是个乐子！

秦仲义　可是谁嚼得动呢？

王利发　看多么邪门，好容易有了花生米，可全嚼不动！多么可笑！怎样啊？秦二爷！（都坐下）

秦仲义　别人都不理我啦，我来跟你说说：我到天津去了一趟，看看我的工厂！

王利发　不是没收了吗？又物归原主啦？这可是喜事！

秦仲义　拆了！

常四爷
　　　　拆了？
王利发

秦仲义　拆了！我四十年的心血啊，拆了！别人不知道，王掌柜你知道：我从二十多岁起，就主张实业救国。到而今……抢去我的工厂，好，我的势力小，干不过他们！可倒好好地办哪，那是富国裕民的事业呀！结果，拆了，机器都当碎铜烂铁卖了！全世界，全世界找得到这样的政府找不到？我问你！

王利发　当初，我开的好好的公寓，您非盖仓库不可。看，仓库查封，货物全叫他们偷光！当初，我劝您别把财产都出手，您非都卖了开工厂不可！

常四爷　还记得吧？当初，我给那个卖小妞的小媳妇一碗面吃，您还说风凉话呢。

秦仲义　现在我明白了！王掌柜，求你一件事吧：（掏出一二机器小另件和一枝钢笔管来）工厂拆平了，这是我由那儿捡来的小东西。这枝笔上刻着我的名字呢，它知道，我用它签过多少张支票，写过多少计划书。我把它们交给你，没事的时候，你可以跟喝茶的人们当个笑话谈谈，你说呀：当初有那么一个不知好歹的秦某人，爱办实业。办了几十年，临完他只由工厂的土堆里捡回来这么点小东西！你应当劝告大家，有钱哪，就该吃喝嫖赌，胡作非为，可千万别干好事！告诉他们哪，秦某人七十多岁了才明白这点大道理！他是天生来的笨蛋！

王利发　您自己拿着这枝笔吧，我马上就搬家啦！

常四爷　搬到哪儿去？

王利发　哪儿不一样呢！秦二爷，常四爷，我跟你们不一样：二爷财大业大心胸大，树大可就招风啊！四爷你，一辈子不服软，敢作敢当，专打抱不平。我呢，作了一辈子顺民，见谁都请安、鞠躬、作揖。我只盼着呀，孩子们有出息，冻不着，饿不着，没灾没病！可是，日本人在这儿，二栓子逃跑啦，老婆想儿子想死啦！好容易，日本人走啦，该缓一口气了吧？谁知道，（惨笑）哈哈，哈哈，哈哈！

常四爷 我也不比你强啊！自食其力，凭良心干了一辈子啊，我一事无成！七十多了，只落得卖花生米！个人算什么呢，我盼哪，盼哪，只盼国家像个样儿，不受外国人欺侮。可是……哈哈！

秦仲义 日本人在这儿，说什么合作，把我的工厂就合作过去了。咱们的政府回来了，工厂也不怎么又变成了逆产。仓库里（指后边）有多少货呀，全完！还有银号呢，人家硬给加官股，官股进来了，我出来了！哈哈！

王利发 改良，我老没忘了改良，总不肯落在人家后头。卖茶不行啊，开公寓。公寓没啦，添评书！评书也不叫座儿呀，好，不怕丢人，想添女招待！人总得活着吧？我变尽了方法，不过是为活下去！是呀，该贿赂的，我就递包袱。我可没作过缺德的事，伤天害理的事，为什么就不叫我活着呢？我得罪了谁？谁？皇上，娘娘那些狗男女都活得有滋有味的，单不许我吃窝窝头，谁出的主意？

常四爷 盼哪，盼哪，只盼谁都讲理，谁也不欺侮谁！可是，眼看着老朋友们一个个的不是饿死，就是叫人家杀了，我呀就是有眼泪也流不出来喽！松二爷，多么好的人，饿死啦，连棺材还是我给他化缘化来的！他还有我这么个朋友，给他化了一口四块板的棺材；我自己呢？我爱咱们的国呀，可是谁爱我呢？看（从筐中拿出些纸钱），遇见出殡的，我就捡几张纸钱。没有寿衣，没有棺材，我只好给自己预备下点纸钱吧，哈哈，哈哈！

秦仲义　四爷，让咱们祭奠祭奠自己，把纸钱撒起来，算咱们三个老头子的吧！

王利发　对！四爷，照老年间出殡的规矩，喊喊！

常四爷　（立起，喊）四角儿的跟夫，本家赏钱一百二十吊！（撒起几张纸钱）

秦仲义
王利发　一百二十吊！

秦仲义　（一手拉住一个）我没的说了，再见吧！（下）

王利发　再见！

常四爷　再喝你一碗！（一饮而尽）再见！（下）

王利发　再见！

　　　〔丁宝与小心眼进来。

丁　宝　他们来啦，老大爷！（往屋中喷香水）

王利发　好，他们来，我躲开！（捡起纸钱，往后边走）

小心眼　老大爷，干吗撒纸钱呢？

王利发　谁知道！（下）

　　　〔小刘麻子进来。

小刘麻子　来啦！一边一个站好！

　　　〔丁宝、小心眼分左右在门内立好。

　　　〔门外有汽车停住声，先进来两个宪兵。沈处长进来，穿军便服；高靴，带马刺；手执小鞭。后面跟着二宪兵。

沈处长　（检阅似的，看丁宝、小心眼，看完一个说一声）好（蒿）！

〔丁宝摆上一把椅子，请沈处长坐。

小刘麻子　报告处长，老裕泰开了六十多年，九城闻名，地点也好，借着这个老字号，作我们的一个据点，一定成功！我打算照旧卖茶，派（指）小丁宝和小心眼作招待。有我在这儿监视着三教九流，各色人等，一定能够得到大量的情报！

沈处长　好（蒿）！

〔丁宝由宪兵手里接过骆驼牌烟，上前献烟；小心眼接过打火机，点烟。

小刘麻子　后面原来是仓库，货物已由处长都处理了，现在空着。我打算修理一下，中间作小舞厅，两旁布置几间卧室，都带卫生设备。处长清闲的时候，可以来跳跳舞，玩玩牌，喝喝咖啡。天晚了，高兴住下，您就住下。这就算是处长个人的小俱乐部，由我管理，一定要比公馆里更洒脱一点，方便一点，热闹一点！

沈处长　好（蒿）！

丁　宝　处长，我可以请示一下吗？

沈处长　好（蒿）！

丁　宝　这儿的老掌柜怪可怜的。好不好给他作一身制服，叫他看看门，招呼贵宾们上下汽车？他在这儿几十年了，谁都认识他，简直可以算是老头儿商标！

沈处长　好（蒿）！传！

小刘麻子　是！（往后跑）王掌柜！老掌柜！我爸爸的老朋友，老大

爷！（入。过一会儿又跑回来）报告处长，他也不是怎么上
了吊，吊死啦！

沈处长　好（蒿）！好（蒿）！

（幕·全剧终）

附　录

　　此剧幕与幕之间须留较长时间，以便人物换装，故拟由一人（也算剧中人）唱几句快板，或者休息时间可免过长，同时也可以略略介绍剧情。

第一幕　幕　前

（我）大傻杨，打竹板儿，一来来到大茶馆儿。

大茶馆，老裕泰，生意兴隆真不赖。

茶座多，真热闹，也有老来也有少；

有的说，有的唱，穿章打扮一人一个样；

有提笼，有架鸟，蛐蛐蝈蝈也都养的好；

有的吃，有的唱，没有钱的只好白瞧着。

爱下棋，（您）来两盘儿，赌一卖（碟）干炸丸子外洒胡椒盐儿。

讲排场，讲规矩，咳嗽一声都像唱大戏。

有一样，听我说：莫谈国事您得老记着。

哼！国家事（可）不好了，黄龙旗子一天倒比一天威风小。

文武官，有一宝，见着洋人赶快跑。

外国货，堆成山，外带贩卖鸦片烟。

最苦是，乡村里，没吃没穿逼得卖儿女。

官人阔，百姓穷，朝中出了个谭嗣同，

讲维新，主意高，还有那康有为和梁启超。

这件事，闹得凶，气得太后咬牙切齿直哼哼。

她要杀，她要砍，讲维新的都是要造反。

这些事，别多说，说着说着就许掉脑壳。

〔幕徐启。大傻杨入茶馆。

打竹板，迈大步，走进茶馆找主顾。

哪位爷，愿意听，《辕门斩子》来了穆桂英。

〔王利发来干涉。

王掌柜，大发财，金银元宝一齐来。

您有钱，我有嘴，数来宝的是穷鬼。（下）

第二幕　幕　前

打竹板，我又来，数来宝的还是没发财。

现而今，到民国，剪了小辫还是没有辙。

王掌柜，动脑筋，事事改良讲维新。

（低声）动脑筋，白费力，胳臂拧不过大腿去。

闹军阀，乱打仗，白脸的进去黑脸的上，

赵打钱，孙打李，赵钱孙李乱打一炮谁都不讲理。

为打仗，要枪炮，一堆一堆给洋人老爷送钞票。

为卖炮，为卖枪，帮助军阀你占黄河他占扬子江。

老百姓，遭了殃，大兵一到粮食牲口一扫光。

王掌柜，会改良，茶馆好像大学堂，

后边住，大学生，说话文明真好听。

就怕呀，兵野蛮，进来几个茶馆就玩完。

先别说，丧气话，给他道喜是个好办法。

他开张，我道喜，编点新词我也了不起。（下）

（又上）老裕泰，大改良，万事亨通一天准比一天强。

〔王利发　今天不打发，明天才开张哪。

明天好，明天妙，金银财宝齐来到。

〔炮响。

您开张，他开炮，明天准唱《蚂螂庙》。

〔王利发　去你的吧！

〔老杨下。

第三幕　幕　前

树木老，叶儿稀，人老毛腰把头低。

甭说我，混不了，王掌柜的也过不好。

（他）钱也光，人也老，身上剩了一件破棉袄。

自从那，日本兵，八年占据老北京。

人人苦，没法提，不死也掉一层皮。

好八路，得人心，一阵一阵杀退日本军。

盼星星，盼月亮，盼到胜利大家有希望。

（哼）国民党，进北京，横行霸道一点不让日本兵。

王掌柜，委屈多，跟我一样半死半活着。

老茶馆，破又烂，想尽法子也没法办。

天可怜，地可怜，就是官老爷有洋钱（下）

〔王掌柜吊死后，老杨再上，见小丁宝正在落泪。

小姑娘，别这样，黑到头儿天会亮。

小姑娘，别发愁，西山的泉水向东流。

苦水去，甜水来，谁也不再作奴才。

龙须沟

（三幕话剧）

序

　　《龙须沟》有两种不同的本子：一种是按照我的原稿印的，一种是北京人民艺术剧院的舞台本。现在，我借用了一部分舞台本中的对话与穿插，把我的原稿充实起来，为的教找不到舞台本的也可以勉强照这个本子排演。因为我只借用了一部分材料，所以这一本在情节上还不与舞台本完全相同。至于舞台布景的说明，在原稿中本来没有，这次我全由舞台本借用过来。我应当向北京人民艺术剧院致谢！

　　　　　　　　　　老舍　于北京，一九五三年一月

人物表

王大妈——五十岁的寡妇，吃苦耐劳，可是胆子小，思想旧。她的大
　　女儿已出嫁，二女儿正在议婚。母女以焊镜子的洋铁边儿和作
　　针线活为业。简称大妈。

王二春——王大妈的二女儿，十九岁。她认识几个字，很想嫁到别处
　　去，离开臭沟沿儿。简称二春。

丁四嫂——三十岁左右，心眼怪好，嘴可厉害，有点嘴强身子弱。她
　　的手很伶俐，能作活挣钱。简称四嫂。

丁四爷——三十岁左右，四嫂的丈夫，三心二意的，可好可坏；蹬三
　　轮车为业。他因厌恶门外的臭沟，工作不大起劲。简称丁四。

丁二嘎子——十二岁，丁四的儿子，不上学，天天去捡煤核儿，摸螺
　　蛳什么的。简称二嘎。

丁小妞——二嘎的妹妹，九岁。不上学，随着哥哥乱跑。简称小妞。

程疯子——四十多岁。原是相当好的曲艺艺人，因受压迫，不能登
　　台，搬到贫民窟来——可还穿着长衫。他有点神神气气的，不会
　　以劳力换钱，可常帮忙别人。他会唱，尤以数来宝见长。简称疯
　　子。

程娘子——程疯子的妻，三十多岁。会作活，也会到晓市上作小买
　　卖；虽常骂丈夫，可是甘心养活着他。疯子每称她为"娘子"，
　　即成了她的外号。简称娘子。

赵老头——六十岁，没儿没女，为人正直好义，泥水匠。简称赵老。

刘巡长——四十来岁。能说会道，善于敷衍，心地很正。简称巡长。

冯狗子——二十五岁。给恶霸黑旋风作狗腿。简称狗子。

刘掌柜——小茶馆的掌柜，六十多岁。简称掌柜。

地痞一人。

警察二人。

青年一人。

群众数人。

第一幕

时间 北京解放前，一个初夏的上午，昨夜下过雨。

地点 龙须沟。这是北京天桥东边的一条有名的臭沟，沟里全是红红绿绿的稠泥浆，夹杂着垃圾、破布、死老鼠、死猫、死狗和偶尔发现的死孩子。附近硝皮作坊、染坊所排出的臭水，和久不清除的粪便，都聚在这里一齐发霉。不但沟水的颜色变成红红绿绿，而且气味也教人从老远闻见就要作呕，所以这一带才俗称为"臭沟沿"。沟的两岸，密密层层的住满了卖力气的、耍手艺的，各色穷苦劳动人民。他们终日终年乃至终生，都挣扎在那肮脏腥臭的空气里。他们的房屋随时有倒塌的危险，院中大多数没有厕所，更谈不到厨房；没有自来水，只能喝又苦又咸又发土腥味的井水；到处是成群的跳蚤，打成团的蚊子，和数不过来的臭虫，黑压压成片的苍蝇，传染着疾病。

每逢下雨，不但街道整个的变成泥塘，而且臭沟的水就漾出槽来，带着粪便和大尾巴蛆，流进居民们比街道还低的院内、房里，淹湿了一切的东西。遇到六月下连阴雨的时候，臭水甚至带着死猫、死狗、死孩子冲到土炕上面，大蛆在满屋里蠕动着，人就仿佛是其中的一个蛆虫，也凄惨地蠕动着。

布景 龙须沟的一个典型小杂院。院子不大，只有四间东倒西歪的破土房。门窗都是东拼西凑的，一块是老破花格窗，一块是"洋式"窗子改的，另一块也许是日本式的旧拉门儿，上边有的糊着破碎不堪发了霉的旧报纸，有的干脆钉上破木板或碎席子，即或有一半块小小的破玻璃，也已被尘土、煤烟子和风沙等等给弄得不很透亮了。

北房是王家，门口摆着水缸和破木箱，一张长方桌放在从云彩缝里射出来的阳光下，上边晒着大包袱。王大妈正在生着焊活和作饭两用的小煤球炉子。东房，右边一间是丁家，屋顶上因为漏雨，盖着半领破苇席，用破砖压着，绳子拴着，檐下挂着一条旧车胎；门上挂着补了补钉的破红布门帘，门前除了一个火炉和几件破碎三轮车零件外，几乎是一无所有。左边一间是程家，门上挂着下半截已经脱落了的破竹帘子；窗户上糊着许多香烟画片；门前有一棵发育不全的小枣树，借着枣树搭起一个小小的喇叭花架子。架的下边，靠左上角有一座泥砌的柴灶。程娘子正在用捡来的柴棍儿烧火，蒸窝窝头，给疯子预备早饭。（这一带的劳动人民，大多数一天只吃两顿饭。）柴灶的后边是塌倒了的半截院墙墙角，从这里可以看见远处的房子，稀稀落落的电线杆子，和一片阴沉的天空。南边中间是这个小杂院的大门，又低又窄，出来进去总得低头。大门外是一条狭窄的小巷，对面有一所高大而破旧的房子，房角上高高的悬着一块金字招牌"当"。左边中间又是一段破墙，左下是赵老头儿所住的一间屋子，门关着，门前放着泥瓦匠所用的较大工具；一条长凳，一口倒放着的破缸，缸后堆着垃圾，碎砖头。娘子的香烟摊子，出卖的茶叶和零星物品，就暂借这些地方晒着。满院子横七竖八的绳子上，晒着各家的破衣破被。脚下全是湿泥，有的地方垫着炉灰，砖头或木板。房子的墙根墙角全发了霉，生了绿苔。天上的云并没有散开，乌云在移动着，太阳一阵露出来，一阵又藏起去。

〔幕启：门外陆续有卖青菜的、卖猪血的、卖驴肉的、卖豆腐的、剃头的、买破烂的和"打鼓儿"的声音，还有买菜还价的争吵声，附近有铁匠作坊的打铁声，织布声，作洋铁盆洋铁壶的敲打声。

〔程娘子坐在柴灶前的小板凳上添柴烧火。小妞子从大门前的墙根搬过一些砖头来，把院子铺出一条走道。丁四嫂正在用破盆在屋门口舀屋子里渗进去的雨水。二春抱着几件衣服走出来，仰着头正看刚露出来的太阳，把衣服搭在绳子上晒。大妈生好了煤球炉子，仰头看着天色，小心翼翼地抱起桌上的大包袱来，往屋里收。二春正走到房门口，顺手接进去。大妈从门口提一把水壶，往水缸走去，可是不放心二春抱进去的包袱，眼睛还盯在二春的身上。大妈用水瓢由水缸里取水，置壶炉上，坐下，开始作活。

四嫂　（递给妞子一盆水）你要是眼睛不瞧着地，摔了盆，看我不好好揍你一顿！

小妞　你怎么不管哥哥呢？他一清早就溜出去，什么事也不管！

四嫂　他？你等着，等他回来，我不揍扁了他才怪！

小妞　爸爸呢，干脆就不回来！

四嫂　甭提他！他回来，我要不跟他拼命，我改姓！

疯子　（在屋里，数来宝）叫四嫂，别去拼，一日夫妻百日恩！

娘子　（把隔夜的窝头蒸上）你给我起来，屋里精湿的，躺什么劲儿！

疯子　叫我起，我就起，尊声娘子别生气！

小妞　疯大爷，快起呀，跟我玩！

四嫂　你敢去玩！快快倒水去，弄完了我好作活！晌午的饭还没辙哪！

疯子　（穿破夏布大衫，手持芭蕉扇，一劲地扇，似欲赶走臭味；出来，向大家点头）王大妈！娘子！列位大嫂！姑娘们！

小妞　（仍不肯去倒水）大爷！唱！唱！我给你打家伙！

四嫂　（过来）先干活儿！倒在沟里去！

　　　〔妞子出去。

娘子　你这么大的人，还不如小妞子呢！她都帮着大人作点事，看你！

疯子　娘子差矣！（数来宝）想当初，在戏园，唱玩艺，挣洋钱，欢欢喜喜天天像过年！受欺负，丢了钱，臭鞋、臭袜、臭沟、臭水、臭人、臭地熏得我七窍冒黑烟！（弄水洗脸）

娘子　你呀！我这辈子算倒了霉啦！

四嫂　别那么说，他总比我的那口子强点，他不是这儿（指头部）有点毛病吗？我那口子没毛病，就是不好好地干！拉不着钱，他泡蘑菇；拉着钱，他能一下子都喝了酒！

疯子　（一边擦脸，一边说）我这里，没毛病，臭沟熏得我不爱动。

　　　〔外面有吆喝豆腐声。

疯子　有一天，沟不臭，水又清，国泰民安享太平。（坐下吃窝头）

小妞　（进来，模仿数来宝的竹板声）呱唧呱卿呱唧呱。

82

娘子　（提起香烟篮子）王大妈，四嫂，多照应着点，我上市去啦。

大妈　街上全是泥，你怎么摆摊子呢？

娘子　我看看去！我不弄点钱来，吃什么呢？这个鬼地方，一阴天，我心里就堵上个大疙瘩！赶明儿六月连阴天，就得瞪着眼挨饿！（往外走，又立住）看，天又阴得很沉！

小妞　妈，我跟娘子大妈去！

四嫂　你给我乖乖地在这里，哪儿也不准去！（扫阶下的地）

小妞　我偏去！我偏去！

娘子　（在门口）妞子，你等着，我弄来钱，一定给你带点吃的来。乖！外边呀，精湿烂滑的，滑到沟里去可怎么办！

疯子　叫娘子，劳您驾，也给我带个烧饼这么大。（用手比，有碗那么大）

娘子　你呀，呸！烧饼，我连个芝麻也不会给你买来！（下）

小妞　疯大爷，娘子一骂你，就必定给你买好吃的来！

四嫂　唉，娘子可真有本事！

疯子　谁说不是！我不是不想帮忙啊，就是帮不上！看她这么打里打外的，我实在难受！可是……唉！什么都甭说了！

赵老　（出来）哎哟！给我点水喝呀！

疯子　赵大爷醒啦！

二春
小妞　（跑过去）怎么啦？怎么啦？

大妈　只顾了穷忙，把他老人家忘了。二春，先作点开水！

二春　（往回跑）我找余子去。（入屋中）

四嫂　（开始坐在凳子上作活）赵大爷，你要点什么呀？

疯子　丁四嫂，你很忙，侍候病人我在行！

二春　（提氽子出来，将壶中水倒入氽子，置炉上，去看看缸）妈，水就剩了一点啦！

小妞　我打水去！

四嫂　你歇着吧！那么远，满是泥，你就行啦？

疯子　我弄水去！不要说，我无能，沏茶灌水我还行！帮助人，真体面，甚么活儿我都干！

大妈　（立起）大哥，是发疟子吧？

赵老　（点头）唉！刚才冷得要命，现在又热起来啦！

疯子　王大妈，给我桶。

大妈　四嫂，教妞子帮帮吧！疯子笨手笨脚的，再滑到臭沟里去！

四嫂　（迟顿了一下）妞子，去吧！可留点神，慢慢的走！

小妞　疯大爷，咱们俩先抬一桶；来回二里多地哪！多了抬不动！
　　　（找到木棍）你拿桶。

二春　（把桶递给疯子）不脱了大褂呀？省得溅上泥点子！

疯子　（接桶）我里边，没小褂，光着脊梁不像话！

小妞　呱唧呱唧呱唧呱。（同疯子下）

大妈　大哥，找个大夫看看吧？

赵老　有钱，我也不能给大夫啊！唉！年年总有这么一场，还老在这个时候！正是下过雨，房倒屋塌，有活作的时候，偏发疟子！打过几班儿呀，人就软得像棉花！多么要命！给我点水喝呀，我渴！

大妈　二春，扇扇火！

赵老　善心的姑娘，行行好吧！

四嫂　赵大爷，到药王庙去烧股香，省得疟子鬼儿老跟着您！

二春　四嫂，蚊子叮了才发疟子呢。看咱们这儿，蚊子打成团。

大妈　姑娘人家，少说话；四嫂不比你知道的多！（又坐下）

二春　（倒了一黄砂碗开水，送到病人跟前）您喝吧，赵大爷！

赵老　好姑娘！好姑娘！这碗热水救了老命喽！（喝）

二春　（看赵老用手赶苍蝇，借来四嫂的芭蕉扇给他扇）赵大爷，我这
　　　可真明白了姐姐为什么一去不回头！

大妈　别提她，那个没良心的东西！把她养大成人，聘出去，她会不
　　　来看我一眼！二春，你别再跟她学，扔下妈妈没人管！

二春　妈，您也难怪姐姐。这儿是这么脏，把人熏也熏疯了！

大妈　这儿脏，可有活儿干呢，九城八条大街，可有哪儿能像这里挣
　　　钱这么方便？就拿咱们左右的邻居说，这么多人家里只有程疯
　　　子一个闲人。地方干净有什么用，没的吃也得饿死！

二春　这儿挣钱方便，丢钱也方便。一下雨，摆摊子的摆不上，卖力
　　　气的出不去，不是瞪着眼挨饿？臭水往屋里跑，把什么东西都
　　　淹了，哪样不是钱买的？

四嫂　哼，昨儿个夜里，我蹲在炕上，打着伞，把这些背心顶在头
　　　上。自己的东西弄湿了还好说，弄湿了活计，赔得起吗！

二春　因为脏，病就多。病了耽误作活，还得花钱吃药！

大妈　别那么说。俗话说得好："不干不净，吃了没病！"我在这儿
　　　住了几十年，还没敢抱怨一回！

二春　赵大爷，您说。您年年发疟子，您知道。

大妈　你教大爷歇歇吧，他病病歪歪的！我明白你的小心眼里都憋着
　　　什么坏呢！

二春　我憋着什么坏？您说！

大妈　哼，没事儿就往你姐姐那儿跑。她还不唧唧咕咕，说什么龙须沟脏，龙须沟臭！她也不想想，这是她生身之地；刚离开这儿几个月，就不肯再回来，说一到这儿就要吐；真遭罪呀！甭你小眼睛眨巴眨巴地看着我！我不再上当，不再把女儿嫁给外边人！

二春　那么我一辈子就老在这儿？连解手儿都得上外边去？

大妈　这儿不分男女，只要肯动手，就有饭吃；这是真的，别的都是瞎扯！这儿是宝地！要不是宝地，怎么越来人越多？

二春　没看见过这样的宝地！房子没有一间整的，一下雨就砸死人，宝地！

赵老　姑娘，有水再给我点！

二春　（接碗）有，那点水都是您的！

赵老　那敢情好！

大妈　您不吃点什么呀？

赵老　不想吃，就是渴！

四嫂　发疟子伤气，得吃呀，赵大爷！

二春　（端来水）给您！

赵老　劳驾！劳驾！

二春　不劳驾！

赵老　姑娘，我告诉你几句好话。

二春　您说吧！

赵老　龙须沟啊，不是坏地方！

大妈　我说什么来着？赵大爷也这么说不是？

赵老　地好，人也好。就有两个坏处。

二春　哪两个？

四嫂　（拿着活计凑过来）您说说！

赵老　作官的坏，恶霸坏！

大妈　大哥，咱们说话，街上听得见，您小心点！

　　　〔天阴上来，阳光被云遮住。

赵老　我知道！可是，我才不怕！六十岁了，也该死了，我怕什么？

大妈　别那么说呀，好死不如赖活着！

赵老　作官儿的坏……

　　　〔刘巡长，腰带在手中拿着，像去上班的样子，由门外经过。

大妈　（打断赵老的话）赵大爷，有人……（二春急跑到大门口去看）

　　　二春，过来！

二春　（在门口）刘巡长！

四嫂　（跑到门口）刘巡长，进来坐坐吧！

巡长　四嫂子，我该上班儿了。

四嫂　进来坐坐，有话跟您说！

巡长　（走进来）有什么话呀？四嫂！

四嫂　您给二嘎子……

大妈　啊，刘巡长，怎么这么闲在呀？

巡校　我正上班儿去，四嫂子把我叫住了。（转身）赵大爷，您好吧？

大妈　哪儿呀，又发上疟子啦！

巡长　这是怎么说的！吃药了吗？

87

赵老　我才不吃药!

巡长　总得抓剂药吃!你要是老不好,大妈,四嫂都得给您端茶送水的……

二春　不要紧,有我侍候他呢!

巡长　那也耽误作活呀!这院儿里谁也不是有仨有俩的。就拿四嫂说,丁四成天际不照面……

四嫂　可说的是呢!我请您进来,就为问问您给二嘎子找个地方学徒的事,怎么样了呢?

巡长　我没忘了,可是,唉,这年月,物价一天翻八个跟头,差不多的规矩买卖全关了门,您叫我上哪儿给他找事去呢!

大妈　唉,刘巡长的话也对!

四嫂　刘巡长,二嘎子呀可是个肯下力、肯吃苦的孩子!您就多给分分心吧!

巡长　得,四嫂,我必定在心!我说四嫂,教四爷可留点神,别喝了两盅,到处乱说去!(低声)前儿个半夜里查户口,又弄下去五个!硬说人家是……(回头四望,作"八"的手式)是这个!多半得……唉,都是中国人,何必呢?这玩艺,我可不能干!

赵老　对!

四嫂　听说那回放跑了俩,是您干的呀?

巡长　我的四奶奶!您可千万别瞎聊啊,您要我的脑袋搬家是怎着?

四嫂　您放心,没人说出去!

二春　刘巡长,您不会把二嘎子荐到工厂去吗?我还想去呢!

四嫂　对,那敢情好!

大妈　二春,你又疯啦?女人家上工厂!

巡长　正经工厂也都停了车啦！您别忙，我一定给想办法！

四嫂　我谢谢您啦！您坐这儿歇歇吧！

巡长　不啦，我呆不住！

四嫂　歇一会儿，怕什么呢？（把疯子的板凳送过来，刘巡长只好坐下）

赵老　我刚才说的对不对？作官的坏！作官的坏，老百姓就没法活下去！大小的买卖、工厂，全教他们接收的给弄趴下啦，就剩下他们自己肥头大耳朵地活着！

二春　要不穷人怎么越来越多呢！

大妈　二春，你少说话！

赵老　别的甭说，就拿咱们这儿这条臭沟说吧，日本人在这儿的时候，咱们捐过钱，为挖沟，沟挖了没有？

二春　没有！捐的钱也没影儿啦！

大妈　二春，你过来！（二春走回去）说话小心点！

赵老　日本人滚蛋了以后，上头说把沟堵死。好嘛，沟一堵死，下点雨，咱们这儿还不成了海？咱们就又捐了钱，说别堵啊，得挖。可是，沟挖了没有？

四嫂　他妈的，那些钱又教他们给吃了，丫头养的！

大妈　四嫂，嘴里干净点，这儿有大姑娘！

二春　他妈的！

大妈　二春！

赵老　程疯子常说什么"沟不臭，水又清，国泰民安享太平。"他说得对，他不疯！有了清官，才能有清水。我是泥水匠，我知道：城里头，大官儿在哪儿住，哪儿就修柏油大马路；谁作了官，谁就盖高楼大瓦房。咱们穷人哪，没人管！

巡长　一点不错！

四嫂　捐了钱还教人家白白的吃了去！

赵老　有那群作官的，咱们永远得住在臭沟旁边。他妈的，你就说，
全城到处有自来水，就是咱们这儿没有！

大妈　就别抱怨啦，咱们有井水吃还不念佛？

四嫂　苦水呀，王大妈！

大妈　也不太苦，二性子！

二春　妈，您怎这么会对付呢？

大妈　你不将就，你想跟你姐姐一样，嫁出去永远不回头！你连一丁
点孝心也没有！

赵老　刘巡长，上两次的钱，可都是您经的手！我问你，那些钱可都
上哪儿去了？

巡长　您问我，我可问谁去呢？反正我一心无愧！（站起来，走到赵
老面前）要是我从中赚过一个钱，天上现在有云彩，教我五雷
轰顶！人家搂钱，我挨骂，您说我冤枉不冤枉！

赵老　街坊四邻倒是都知道你的为人，都说你不错！

巡长　别说了，赵大爷！要不是一家五口累赘着我呀！我早就远走高
飞啦，不在这儿受这份窝囊气！

赵老　我明白，话又说回来，咱们这儿除了官儿，就是恶霸。他们
偷，他们抢，他们欺诈，谁也不敢惹他们。前些日子，张巡官
一管，肚子上挨了三刀！这成什么天下！

巡长　他们背后有撑腰的呀，杀了人都没事！

大妈　别说了，我直打冷战！

赵老　别遇到我手里！我会跟他们拚！

大妈　新鞋不踩臭狗屎呀！您到茶馆酒肆去，可千万留点神，别乱说话！

赵老　你看着，多唫他们欺负到我头上来，我教他们吃不了兜着走！

巡长　我可真该走啦！今儿个还不定有什么蜡坐呢！（往外走）

四嫂　（追过去）二嘎子的事，您可给在点心哪！刘巡长。

巡长　就那么办，四嫂！（下）

四嫂　我这儿道谢啦！

大妈　要说人家刘巡长可真不错！

赵老　这样的人就算难得！可是，也作不出什么事儿来！

四嫂　他想办出点事来，一个人也办不成呀！

〔丁四无精打采地进来。

四嫂　嗨！你还回来呀？！

丁四　你当我爱回来呢！

四嫂　不爱回来，就再出去！这儿不短你这块料！

〔丁四不语，打着呵欠直向屋子走去。

四嫂　（把他拦住）拿钱来吧！

丁四　一回来就要钱哪？

四嫂　那怎么着？！家里还揭不开锅呢！

丁四　揭不开锅？我在外边死活你管了吗？

四嫂　我们娘几个死活谁管呢？甭废话，拿钱来。

丁四　没钱！

四嫂　钱哪儿去啦？

丁四　交车份了。

四嫂　甭来这一套！你当我不知道呢！不定又跑到哪儿喝酒去了。

丁四　那你管不着。太爷我自个挣的自个花，你打算怎么着吧！你说！

四嫂　我打算怎么着？这破家又不是我一个人的！好吧！咱谁也甭管！（说着把活计扔下）

丁四　你他妈的不管，活该！

四嫂　怎么着？你一出去一天，回来锛子儿没有，临完了，把钱都喝了猫儿尿！

丁四　我告诉你，少管我的闲事！

四嫂　什么？不管？家里揭不开锅，你可倒好……

丁四　我不对，我不该回来，太爷我走！

　　　〔四嫂扯住丁四，丁四抄起门栓来要打四嫂，二春跑过去把门栓抢过来。

赵老　（大吼）丁四！

　　　〔丁四被赵老的怒吼声震住，低头不语，往屋门口走。四嫂坐下哭，二春蹲下去劝。

赵老　这是你们丁家的事，按理说我可不该插嘴，不过咱们爷儿们住街坊，也不是一年半年啦，总算是从小儿看你长大了的，我今儿个可得说几句讨人嫌的话……

丁四　（颓唐地坐下）赵大爷，您说吧！

赵老　四嫂，你先别这么哭，听我说。（四嫂止住哭声）你昨儿晚上干什么去啦？你不知道家里还有三口子张着嘴等着你哪？孩子们是你的，你就不惦记着吗？

丁四　（眼泪汪汪地）不是，赵大爷！我不是不惦记孩子，昨儿个整天的下雨，没什么座儿，挣不着钱！晚上在小摊儿坐着，您猜怎么着，晌午六万一斤的大饼，晚上就十二万啦！好家伙，交完车份儿，就没了钱了。东西一天翻十八个跟头，您不是不知道！

赵老　唉！这个物价呀，就要了咱们穷人的命！可是你有钱没钱也应该回家呀，总不照面儿不是一句话啊！就说为你自个儿想，半夜三更住在外边，够多悬哪！如今晚儿天天半夜里查户口，一个说不对劲儿，轻了把你拉去当壮丁，当炮灰，重了拿你当八路，弄去灌凉水轧杠子，磨成了灰还不知道是怎样死的呢！

丁四　这我都知道。他妈的我们蹬三轮儿的受的这份气，就甭提了。就拿咋儿个说吧，好容易遇上个座儿，一看，可倒好，是个当兵的。没法子，拉吧，打永定门一直转游到德胜门脸儿，上边淋着，底下蹚着，汗珠子从脑瓜顶儿直流到脚底下。临完，下车一个子儿没给还不算，还差点给我个大脖拐！他妈的，坐完车不给钱，您说是什么人头儿！我刚交了车，一看掉点儿了，我就往家里跑。没几步，就滑了我俩大跟头，您不信瞅瞅这儿，还有伤呢！我一想，这溜儿更过不来啦，怕掉到沟里去，就在刘家小茶馆蹲了半夜。我没睡好，提心吊胆的，怕把我拉走当壮丁去！跟您说吧，有这条臭沟，谁也甭打算好好的活着！

〔四邻的工作声——打铁、风箱、织布声更大了一点。

四嫂　甭拉不出屎来怨茅房！东交民巷、紫禁城倒不臭不脏，也得有尊驾的份儿呀！你听听，街坊四邻全干活儿，就是你没有正经事儿。

丁四　我没出去拉车？我天天光闲着来着？

四嫂　五行八作，就没您这一行！龙须沟这儿的人都讲究有个正经行当！打铁，织布，硝皮子，都成一行；你算哪一行？

丁四　哼，有这一行，没这一行，蹬上车我可以躲躲这条臭沟！我是属牛的，不属臭虫，专爱这块臭地！

赵老　丁四，四嫂，都少说几句吧……

〔刘巡长上。

赵老　怎么，刘巡长……

巡长　我说今儿个又得坐蜡不是？

四嫂　刘巡长，什么事呀？

巡长　唉，没法子，又教我来收捐！

众人　什么，又收捐？！

巡长　是啊，您说这教我多为难？

丁四　家家连窝头都混不上呢，还交得起他妈的捐！

巡长　说得是啊！可是上边交派下来，您教我怎么办？

赵老　我问你，今儿个又要收什么捐？

巡长　反正有个"捐"字，您还是养病要紧，不必细问了。捐就是捐，您拿钱，我收了交上去，咱们心里就踏实啦。

赵老　你说说，我听听！

巡长　您老人家一定要知道，跟您说吧！这一回是催卫生捐。

赵老　什么捐？

巡长　卫生捐。

赵老　（狂笑）卫生捐？卫生——捐！（再狂笑）丁四，哪儿是咱们的卫生啊！刘巡长，谁出这样的主意，我肏他的八辈祖宗！

（丁四搀他入室）

巡长　唉！我有什么办法呢？

大妈　您可别见怪他老人家呀！刘巡长！要是不发烧，他不会这么乱骂人！

二春　妈，你怎这么怕事呢？看看咱们这个地方，是有个干净的厕所，还是有条干净的道儿？谁都不管咱们，咱们凭什么交卫生捐呢？

大妈　我的小姑奶奶，你少说话！巡长，您多担待，她小孩子，不懂事！

巡长　王大妈，唉，我也是这儿的人！你们受什么罪，我受什么罪！别的就不用说了！（要走）

大妈　不喝碗茶呀？真，您办的是官事，不容易！

巡长　官事，对，官事！哈哈！

四嫂　大估摸一家得出多少钱呢？

丁四　（由赵老屋中出来）你必得问清楚，你有上捐的瘾！

四嫂　你没有那个瘾，交不上捐你去坐监牢，德行！

丁四　刘巡长，您对上头去说吧，给我修好了路，修好了沟，我上捐。不给我修啊，哼，我没法拉车，也就没钱上捐，要命有命，就是没钱！

巡长　四爷，您是谁？我是谁？能跟上头说话？

大妈　丁四，你就别为难巡长了吧！当这份差事，不容易！

〔程疯子与小妞抬着水桶，进来。

疯子　借借光，水来了！刘巡长，您可好哇？

巡长　疯哥你好？

95

〔大妈把缸盖连菜刀，搬到自己坐的小板凳上，二春接过桶
去，和大妈抬着往缸里倒，疯子也想过去帮忙。

丁四　喝，两个人才弄半桶水来?

小妞　疯大爷晃晃悠悠，要摔七百五十个跟头，水全洒出去啦!

二春　没有自来水，可要卫生捐!

巡长　我又不是自来水公司，我的姑娘! 再见吧! （下）

丁四　（对程）看你的大褂，下边成了泥饼子啦!

疯子　黑泥点儿，白大褂儿，看着好像一张画儿。（坐下，抠大衫上
的泥）

丁四　凭这个，咱们也得上卫生捐!

四嫂　上捐不上捐吧，你该出去奔奔，午饭还没辙哪!

丁四　小茶馆房檐底下，我蹲了半夜，难道就不得睡会儿吗?

四嫂　那，我问你今儿个吃什么呢?

丁四　你问我，我问谁去?

大妈　别着急，老天爷饿不死瞎家雀儿! 要不然这么着吧，先打我这
儿拿点杂合面去，对付过今儿个，教丁四歇歇，明儿蹬进钱来
再还我。

丁四　王大妈，这合适吗?

大妈　这算得了什么! 你再还给我呀! 快睡觉去吧! （推丁四下）

〔丁四低头入室。二春早已跑进屋去，端出一小盆杂合面来，
往丁四屋里送，四嫂跟进去。

二春　四嫂，搁哪儿呀?

四嫂　（感激地）哎哟，二妹妹，交给我吧! （下）

〔二嘎子跑进来，双手捧着个小玻璃缸。

二嘎　妞子，小妞，快来！看！

小妞　（跑过来）哟，两条小金鱼！给我！给我！

二嘎　是给你的！你不是从过年的时候，就嚷嚷着要小金鱼吗？

小妞　（捧起缸儿来）真好！哥，你真好！疯大爷，来看哪！两条！
　　　两条！

疯子　（像小孩似的，蹲下看鱼。学北京卖金鱼的吆喝）卖大小——小
　　　金鱼儿咧！

　　　〔四嫂上。

四嫂　二嘎子，你一清早就跑出去，是怎回事？说！

二嘎　我……

四嫂　金鱼是哪儿来的？

二嘎　卖鱼的徐六给我的。

四嫂　他为什么那么爱你呢？不单给鱼，还给小缸！瞧你多有人缘
　　　哪！你给我说实话！我们穷，我们脏，我们可不偷！说实话，
　　　要不然我揍死你！

丁四　（在屋内）二嘎子偷东西啦？我来揍他！

四嫂　你甭管！我会揍他！二嘎子，把鱼给人家送回去！你要是不
　　　去，等你爸爸揍上你，可够你受的！去！

小妞　（要哭）妈，我好容易有了这么两条小鱼！

二春　四嫂，咱们这儿除了苍蝇，就是蚊子，小妞子好容易有了两条
　　　小鱼，让她养着吧！

四嫂　我可也不能惯着孩子作贼呀！

疯子　（解大衫）二嘎子，说实话，我替你挨打跟挨骂！

二嘎　徐六教我给看着鱼挑子，我就拿了这个小缸，为妹妹拿的，她

没有一个玩艺儿！

疯子　（脱下大衫）拿我的大褂还徐六去！

四嫂　那怎么能呢？两条小鱼儿也没有那么贵呀！

疯子　只要小妞不落泪，管什么金鱼贵不贵！

二春　（急忙过来）疯哥，穿上大褂！（把两张票子给二嘎）二嘎子，

　　　快跑，给徐六送去。

　　　〔二嘎接钱飞跑而去。

四嫂　你快回来！

　　　〔天渐阴。

四嫂　二妹妹，哪有这么办的呢！小妞子，还不过去谢谢王奶奶跟二

　　　姑姑哪？

小妞　（捧着缸儿走过去）奶奶，二姑姑，道谢啦！

大妈　好好养着哟，别教野猫吃了哟！

小妞　（把缸儿交给疯子）疯大爷，你给我看着，我到金鱼池，弄点

　　　闸草来！红鱼，绿闸草，多么好看哪！

四嫂　一个人不能去，看掉在沟里头！

　　　〔四嫂刚追到大门口，妞子已跑远。狗子由另一个地痞领着走

　　　来，那个地痞指指门口，狗子大模大样走进来。另一个地痞

　　　下。

四嫂　嗨，你找谁？

狗子　你姓什么？

四嫂　我姓丁。找谁？说话！别满院子胡蹓跶！

狗子　姓程的住哪屋？

二春　你找姓程的有什么事？

大妈　少多嘴。（说着想往屋里推二春）

狗子　小丫头片子，你少问！

二春　问问怎么了？

大妈　我的小姑奶奶，给我进去！

二春　我凭什么进去呀？看他把我怎么样！（大妈已经把二春推进屋中，关门，两手紧把着门口）

狗子　（一转身看见疯子）那是姓程的不是？

四嫂　他是个疯子，你找他干什么？

大妈　是啊，他是个疯子。

狗子　（与大妈同时）他妈的老娘儿们少管闲事！（向疯子）小子，你过来！

二春　你别欺负人！

大妈　（向屋内的二春）我的姑奶奶，别给我惹事啦！

四嫂　他疯疯癫癫的，你有话跟我说好啦。

狗子　（向四嫂）你这娘们再多嘴，我可揍扁了你！

四嫂　（搭讪着后退）看你还怪不错的呢！

疯子　（为了给四嫂解除威胁，自动地走过来）我姓程，您哪，有什么话您朝着我说吧！　.

狗子　小子，你听着，我现在要替黑旋风大太爷管教管教你。不管他妈的是你，是你的女人，还是你的街坊四邻，都应当记住：你们上晓市作生意，要有黑旋风大太爷的人拿你们的东西，就是赏你们脸。今天，我姓冯的，冯狗子，赏给你女人脸，拿两包烟卷，她就喊巡警，不知死的鬼！我不跟她打交道，她是个不禁揍的老娘们；我来管教管教你！

99

娘子　（挎着被狗子踢坏了的烟摊子，气愤，忍泪，低着头回来。刚到
　　　门口，看见狗子正发威）冯狗子！你可别赶尽杀绝呀！你硬抢
　　　硬夺，踢了我的摊子不算，还赶上门来欺负人！

　　　〔四嫂接过娘子的破摊子，娘子向狗子奔去。

狗子　（放开疯子，慢慢一步一步紧逼娘子）踢了你的摊子是好的，惹
　　　急了咱爷儿们，教你出不去大门！

娘子　（理直气壮地，但是被逼得往后退）你讲理不讲理？你凭什么这
　　　么霸道？走，咱们还是找巡警去！

狗子　（示威）好男不跟女斗。（转向疯子）小子，我管教管教你！
　　　（狠狠地打疯子几个嘴巴，打的顺口流血）

　　　〔疯子老实地挨打，在流泪；娘子怒火冲天，不顾一切地冲向
　　　狗子拼命，却被狗子一把抓住。

　　　〔二春正由屋内冲出，要打狗子，大妈惊慌地来拉二春，四嫂
　　　想救娘子又不敢上前。

赵老　（由屋里气得颤巍巍地出来）娘子，四奶奶，躲开！我来斗斗
　　　他！打人，还打个连苍蝇都不肯得罪的人，要造反吗？（拿起
　　　大妈的切菜刀）

狗子　老梆子你管他妈的什么闲事，你身上也痒痒吗？

大妈　（看赵老拿起她的切菜刀来）二嘎的妈！娘子！拦住赵大爷，他
　　　拿着刀哪！

赵老　我宰丫这个上八蛋！

娘子　宰他！宰他！

二春　宰他！宰他！

四嫂　（拉着娘子，截住赵老）丁四，快出来，动刀啦！

大妈　（对冯狗子）还不走吗？他真拿着刀呢！

狗子　（见势不佳）搁着你的，放着我的，咱们走对了劲儿再瞧。

　　　（下）

二春　你敢他妈的再来！

丁四　（揉着眼出来）怎回事？怎回事？

四嫂　把刀抢过来！

丁四　（过去把刀夺过来）赵大爷，怎么动刀呢！

大妈　（急切地）赵大爷！赵大爷！您这是怎么嘹？怎么得罪黑旋风的人呢？巡官、巡长，还让他们扎死呢，咱们就惹得起他们啦？这可怎么好呕！

赵老　欺负到程疯子头上来，我受不了！我早就想斗斗他们，龙须沟不能老是他们的天下！

大妈　娘子，给疯子擦擦血，换件衣裳！赶紧走，躲躲去。冯狗子调了人来，还了得！丁四，陪着赵大爷也躲躲去，这场祸惹得不小！

娘子　我骂疯子，可以；别人欺负他，可不行！我等着冯狗……

大妈　别说了，还是快走吧！

赵老　我不走！我拿刀等着他们！咱们老实，才会有恶霸！咱们敢动刀，恶霸就夹起尾巴跑！我不发烧了，这不是胡话。

大妈　看在我的脸上，你躲躲！我怕打架！他们人多，不好惹！打起来，准得有死有活！

赵老　我不走，他们不会来！我走，他们准来！

丁四　您的话说对了！我还睡我的去！（入室）

娘子　疯子，要死死在一块，我不走！

大妈　这可怎么好呕！怎么好呕！

二春　妈，您怎这么胆小呢！

大妈　你大胆儿！你不知道他们多么厉害！

疯子　（悲声地）王大妈，丁四嫂，说来说去都是我不好！（颓丧地坐下）想当初，我在城里头作艺，不肯低三下四地侍候有势力的人，教人家打了一顿，不能再在城里登台。我到天桥来下地，不肯给胳臂钱，又教恶霸打个半死，把我扔在天坛根。我缓醒过来，就没离开这龙须沟！

娘子　别紧自伤心啦！

二春　让他说说，心里好痛快点呀！

疯子　我是好人，二姑娘，好人要是没力气啊，就成了受气包儿！打人是不对的，老老实实地挨打也不对！可是，我只能老老实实地挨打……哼，我不想作事吗？老教娘子一个人去受累，成什么话呢！

娘子　（感动）别说啦！别说啦！

疯子　可是我没力气，作小工子活，不行；我只是个半疯子！（要犯疯病）对，我走！走！打不过他们，我会躲！

　　　〔二嘎子跑进来，截住疯子。

二嘎　妈，我把钱交给了徐六，他没说什么。妈，远处又打闪哪！又要下雨！

娘子　（拉住疯子）别再给我添麻烦吧，疯子！

四嫂　（看看天，天已阴）唉！老天爷，可怜可怜穷人，别再下雨吧！屋子里，院子里，全是湿的，全是脏水，教我往哪儿藏，哪儿躲呢！有雷，去劈那些恶霸；有雨，往田里下；别折磨我们这儿的穷人了吧！

〔隐隐有雷声。

疯子　（呆立看天）上哪儿去呢？天下可哪有我的去处呢？

〔雷响。

娘子　快往屋里抢东西吧！

〔大家都往屋里抢东西，乱成一团，暴雨下来。

〔巡长跑上。

巡长　了不得啦！妞子掉在沟里啦！

众人　妞子……（争着往外跑）

四嫂　（狂喊）妞子！（跑下）

（狂风大雨中幕徐闭）

第二幕

第一场

时间　北京解放后。小妞子死后一周年。一黑早。

地点　同前幕。

布景　黎明之前，满院子还是昏黑的，只隐约的看得见各家门窗的影子。大门外，那座当铺已经变成了"工人合作社"。街灯恰好把它的匾照得很亮。天色逐渐发白以后，露出那小杂院来，比第一幕略觉整洁，部分的窗户修理过了，院里的垃圾减少了，丁四屋顶的破席也不见了。

〔幕启：赵老头起得最早。出了屋门，看了看东方的朝霞，笑了笑，开了街门，拿起笤帚，打扫院子。这时有远处驻军早操喊"一二三——四"声，军号练习声，鸡叫声，大车走的辘辘声等。

〔冯狗子把帽沿拉得很低，轻轻进来，立于门侧。

〔赵老头扫着扫着，一抬头。

赵老　谁？

狗子　（把帽沿往上一推，露出眼来）我！有话，咱们到坛根①去说。

---

① 坛根，指天坛墙根，是旧社会抢劫与打架的地方。

赵老　有话哪儿都能说，不必上坛根儿！

狗子　（笑嘻嘻地）不是您哪，黑旋风的命令……

赵老　黑旋风是什么玩艺儿？给谁下命令？

狗子　给我的命令！您别误会。我奉他的命令，来找您谈谈。

赵老　你知道，北京已经解放了！

狗子　因为解放了，才找您谈谈。

赵老　解放了，好人抬头，你们坏蛋不大得烟儿抽，是不是？是不是
　　　要谈这个？

狗子　咱们说话别带脏字！我问你，你当了这一带的治安委员啦？

赵老　那不含糊，大家抬举我，举我当了委员！

狗子　听说你给派出所当军师，抓我们的人；前后已经抓去三十多个
　　　了！

赵老　大家选举我当委员，我就得为大家出力。好人，我帮忙；坏
　　　人，我斗争。

狗子　哼，你也要成为一霸？

赵老　黑旋风是一霸，我是恶霸的对头！这不由今儿个起，你知道。

狗子　哟，也许在解放前，你就跟共产党勾着呢？

　　　〔天已大亮。

赵老　那是我自己的事，你管不着！

狗子　行，你算是走对了路子，抖起来啦！

赵老　那可不是瞎撞出来的。我是工人——泥水匠；我的劲头儿是新
　　　政府给我的！

狗子　好，就算你是好汉，黑旋风可也并不是好惹的！记住，瘦死的
　　　骆驼总比马大，别有眼不识泰山！

赵老　你到底干吗来啦？快说，别麻烦！

狗子　我？先礼后兵，我给你送棺材本来了。（掏出一包儿现洋）黑旋风送给你的，三十块白花花的现大洋。我管保你一辈子也没有过这么多钱。收下钱，老实点，别再跟我们为仇作对，明白吧？

赵老　我不要钱呢？

狗子　也随你的便！不吃软的，咱们就玩硬的！

赵老　爽性把刀子掏出来吧！

狗子　现在我还敢那么办？

赵老　到底怎么办呢？

〔狗子沉默。

赵老　说话！（怒）

狗子　（渐软化）何苦呢！干吗不接着钱，大家来个井水不犯河水？

赵老　没那个事！

狗子　赵老头子，你行！（要走）

赵老　等等！告诉你，以后布市上、晓市上，是大家伙儿好好作生意的地方，不准再有偷、抢、讹、诈。每一个摊子都留着神，彼此帮忙；你们一伸手，就有人揪住你们的腕子。先前，有侦缉队给你们保镖；现在，作买作卖的给你们摆下了天罗地网！

狗子　姓赵的，你可别赶尽杀绝！招急了我，我真……

赵老　你怎样？现在，天下是人民大家伙儿的，不是恶霸的了！

狗子　（郑重而迟缓地）黑旋风说了——

赵老　他说什么？

狗子　他说……（回头四下望了望，轻声带着威胁的意味）蒋介石不久还会回来呢！

赵老　他？他那个恶霸头子？除非老百姓都死光了！

狗子　你怎么看得那么准呢？

赵老　他是教老百姓给打跑了的，我怎么看不准？告诉你吧，狗子，你还年轻，为什么不改邪归正，找点正经事作作？

狗子　我？（迟疑、矛盾、故作倔强）

赵老　（见狗子现在仍不觉悟，于是威严地）你！不用嘴强身子弱地瞎搭讪！我要给你个机会，教你学好。黑旋风应当枪毙！你不过是他的小狗腿子，只要肯学好，还有希望。你回去好好地想想，仔细地想想我的话。听我的话呢，我会帮助你，找条正路儿；不听我的话呢，你终久是玩完！去吧！

狗子　那好吧！咱们再见！（又把帽沿拉低，走下）

〔赵老愣了一会儿，继续扫地。

〔疯子手捧小鱼缸儿，由屋里出来，娘子扯住了他。

娘子　（低切地）又犯疯病不是？回来！这是图什么呢？你一闹哄，又招四哥、四嫂伤心！

疯子　你甭管！你甭管！我不闹哄，不招他们伤心！我告诉赵大爷一声，小妞子是去年今天死的！

娘子　那也不必！

疯子　好娘子，你再睡会儿去。我要不跟赵大爷说说，心里堵得慌！

娘子　唉！这么大的人，整个跟小孩子一样！（入屋内）

疯子　赵大爷，看！（示缸）

赵老　（直起身来）啊，（急低声）小妞子，她去年今天……生龙活虎似的孩子，会，会……唉！

107

疯子　赵大爷，您这程子老斗争恶霸，可怎么不斗斗那个顶厉害的恶霸呢？

赵老　哪个顶厉害的恶霸？黑旋风？

疯子　不是！那个淹死小妞子的龙须沟！它比谁不厉害？您怎么不管！

赵老　我管！我一定管！你看着，多喒修沟，我多喒去工作！我老头子不说谎！

疯子　可是，多喒才修呢？明天吗？您要告诉我个准日子，我就真佩服这个新政府了！我这就去买两条小金鱼——妞子托我看着的那两条都死了，只剩了这个小缸——到她的小坟头前面，摆上小缸，缸儿里装着红的鱼，绿的闸草，哭她一场！我已经把哭她的话，都编好啦，不信，您听听！

赵老　够了！够了！用不着听！

疯子　您听听，听听！（悲痛、低缓地，用民间曲艺的悲调唱）乖小妞，好小妞，小妞住在龙须沟。龙须沟，臭又脏，小妞子像棵野海棠。野海棠，命儿短，你活你死没人管。北京城，得解放，大家扭秧歌大家唱。只有你，小朋友，在我的梦中不唱也不扭……（不能成声）

赵老　够了！够了！别再唱！乖妞子，太没福气了！疯子，别再难过！听我告诉你，咱们的政府是好政府，一定忘不了咱们，一定给咱们修沟！

疯子　几儿呢？得快着呀！

赵老　（有点起急）那不是我一个人能办的事呀，疯子！

疯子　对！对！我不应当逼您！我是说，咱们这溜儿就是您有本事，有心眼啊！我——佩服您，就不免有点像挤兑您，是不是？

赵老　我不计较你，疯哥！你进去，把小缸儿藏起来，省得教四嫂看见又得哭一场！

疯子　我就进去！还商一点事跟您商量商量。您不是说，现在人人都得作事吗？先前，我教恶霸给打怕了，不敢出去；我又没有力气，干不来累活儿。现在人心大变了，我干点什么好呢？去卖糖儿、豆儿的，还不够我自己吃的呢。去当工友，我又不会伺候人，怎办？

赵老　慢慢来，只要你肯卖力气，一定有机会！

疯子　我肯出力，就是力气不大，不大！

赵老　慢慢地我会给你出主意。这不是咱们这溜儿要安自来水了吗？总得有人看着龙头卖水呀，等我去打听打听，要是还没有人，问问你去成不成。

疯子　那敢情太好了，我先谢谢您！连这件事我也得告诉小妞子一声儿！就那么办啦。（回身要走）

赵走　先别谢，成不成还在两可哪！

　　　〔四嫂披着头发，拖着鞋从屋里出来。

　　　〔疯子急把小缸藏在身后。

赵老　四奶奶，起来啦？

四嫂　（悲哀地）一夜压根儿没睡！我哪能睡得着呢？

赵老　不能那么心重啊，四奶奶！丁四呢？

四嫂　他又一夜没回来！昨儿个晚上，我劝他改行，又拌了几句嘴，他又看我想小妞子，嫌别扭，一赌气子拿起腿来走啦！

赵老　他也是难受啊。本来吗，活生生的孩子，拉扯到那么大，太不

109

容易啦！这条臭沟啊，就是要命鬼！（看见四嫂要哭）别哭！别哭！四奶奶！

四嫂　（挣扎着控制自己）我不哭，您放心！疯哥，您也甭藏藏掖掖的啦！由我身上掉下来的肉，我能不心疼吗？可是，死的死了，活着的还得活着，有什么法儿呢！穷人哪，没别的，就是有个扎挣劲儿！

疯子　四嫂，咱们都不哭，好不好？（说着，自己却要哭）我，我……（急转身跑进屋去）

四嫂　（拭泪，转向赵老）赵大爷，小妞子是不会再活了，哭也哭不回来！您说丁四可怎么办呢？您得给我想个主意！

赵老　他心眼儿并不坏！

四嫂　我知道，要不然我怎么想跟您商量商量呢。当初哇，我讨厌他蹬车，因为蹬车不是正经行当，不体面，没个准进项。自从小妞子一死啊，今儿个他打连台不回来，明儿个喝醉了，干脆不好好干啦。赵大爷，您不是常说现下工人最体面吗？您劝劝他，教他找个正经事由儿干，哪怕是作小工子活淘沟修道呢，我也好有个抓弄呀。这家伙，照现在这样，他蹬上车，日崩西直门了，日崩南苑了，他满天飞，我上哪儿找他去？挣多了，愣说一个子儿没挣，我上哪儿找对证去？您劝劝他，给他找点活儿干，挣多挣少，遇事儿我倒有个准地方找他呀！

赵老　四奶奶，这点事交给我啦！我会劝他。可是，你可别再跟他吵架，吵闹只能坏事，不能成事，对不对呢？

四嫂　我听您的话！要是您善劝，我臭骂，也许更有劲儿！

赵老　那可不对，你跟他动软的，拿感情拢住他，我再拿面子局他，

　　　　这么办就行啦!

四嫂　唉!真教我哭不得笑不得!(惨笑)得啦!我哭小妞子一场
　　　　去!(提上鞋后跟儿)

赵老　我跟你去!

疯子　(跑出来)我跟你去,四嫂!我跟你去!(同往外走)

　　　　　　　　　　　　　　　　　　　　　　(第一场终)

第二场

时间　一九五〇年初夏。下午四时左右。

地点　同前幕。

　　　　〔幕启:院中寂无一人,二春匆匆从外来,跑得气喘嘘嘘的。

二春　喝!空城计!四嫂,二嘎子呢?

四嫂　(在屋中)他上学去啦!

二春　那怎么齐老师还到处找他呢?

四嫂　(出来)是吗?这孩子没上学,又上哪儿玩去啦!

二春　那我再到别处找找他去!(说完又跑出大门)

大妈　(出来)二春,你回来!

四嫂　(忙到门口喊住二春)二妹妹!你回来,大妈这儿还有事呢!

二春　(擦着汗走回来)回头二嘎子误了上学可怎么办呢?

四嫂　你放心吧,他准去,哪天他也没误过,这孩子近来念书,可真
　　　　有个劲儿!我看看他上哪儿去了!就手儿去取点活。(下)

　　　　〔二春走到自己屋门口,拿过脸盆,擦脸上、脖子上的汗。

大妈　（板着面孔，由屋中出来）二春，我问你，你找他干吗？放着正经事不干，乱跑什么？这些日子，你简直东一头西一头地像掐了脑袋的苍蝇一样！

二春　谁说我没干正经事儿？我干的哪件不正经啊？该作的活儿一点也没耽误啊！

大妈　这么大的姑娘，满世界乱跑，我看不惯！

二春　年头儿改啦，老太太！我们年轻的不出去，事儿都交给谁办？您说！

大妈　甭拿这话堵搡我！反正我不能出去办！

二春　这不结啦！（转为和蔼地）我告诉您吧！人家中心小学的女教员，齐砚庄啊，在学校里教完一天的书，还来白教识字班。这还不算，学生们不来，她还亲自到家里找去。您多嗻看见过这样的好人？刚才我送完了活儿，正遇上她挨家找学生，我可就说啦，您歇歇腿儿，我给您找学生去。都找到啦，就剩下二嘎子还没找着！

大妈　管他呢，一个蹬车家的孩子，念不念又怎样，还能中状元？

二春　妈，这是怎么说话呢？现而今，人人都一边儿高，拉车的儿子，才更应当念书，要不怎么叫穷人翻身呢？

大妈　像你这个焊铁活的姑娘，将来说不定还许嫁个大官儿呢！

二春　您心里光知道有官儿！老脑筋！我要结婚，就嫁个劳动英雄！

大妈　一张纸画个鼻子，好大的脸！说话哪像个还没有人家儿的大姑娘呀！

二春　没人家儿？别忙，我要结婚就快！

大妈　越说越不像话了！越学越野调无腔！

〔娘子由外面匆匆走来。

二春　娘子，看见二嘎子没有？

娘子　怎能没看见？他给我看摊子呢！

二春　给……这可倒好！我犄里旮旯都找到了，临完……不知道他得
　　　上学吗？

娘子　他没告诉我呀！

二春　这孩子！

大妈　他荒里荒唐的，看摊儿行吗？

娘子　现在，三岁的娃娃也行！该卖多少钱，卖多少钱，言无二价。
　　　小偷儿什么的，差不离快断了根！（低声）听说，官面上正加
　　　紧儿捉拿黑旋风。一拿住他，晓市就全天下太平了，他不是土
　　　匪头子吗？哼，等拿到他，跟那个冯狗子，我要去报报仇！能
　　　打就打，能骂就骂，至不济也要对准了他们的脸，啐几口，
　　　呸！呸！呸！偷我的东西，还打了我的爷们，狗杂种们！我
　　　说，我的那口子在家哪？

二春　在家吗？一声没出啊。

娘子　这几天，他又神神气气的，不知道又犯什么毛病！这个家伙，
　　　真教我不放心！

　　　〔程疯子慢慢地由屋中出来。

二春　疯哥，你在家哪？

疯子　有道是，在家千日好，出外一时难！

娘子　又是疯话！我问你，你这两天又怎么啦？

疯子　没怎么！

娘子　不能！你给我说！

113

疯子　说就说，别瞪眼！我就怕吵架！我呀，有了任务！

二春　疯哥，给你道喜！告诉我们，什么任务？

疯子　民教馆的同志找了我来，教我给大家唱一段去！

二春　那太棒了！多少年你受屈含冤的，现在民教馆都请你去，你不是仿佛死了半截又活了吗？

娘子　对啦，疯子，你去！去！叫大家伙看看你！王大妈，二姑娘，有钱没有？借给我点！我得打扮打扮他，把他打扮得跟他当年一模一样的漂亮！

疯子　我可是去不了！

二春
娘子　怎么？怎么？

疯子　我十几年没唱了，万一唱砸了，可怎么办呢？

娘子　你还没去呢，怎就知道会唱砸了？简直地给脸不要脸！

大妈　照我看哪，给钱就去，不给钱就不去。

二春　妈！您不说话，也没人把您当哑巴卖了！

疯子　还有，唱什么好呢？《翠屏山》？不像话，《拴娃娃》？不文雅！

二春　咱们现编！等晚上，咱们开个小组会议，大家出主意，大家编！数来宝就行！

疯子　数来宝？

二春　谁都爱听！你又唱得好！

疯子　难办！难办！

　　　〔四嫂夹着一包活计，跑进来。

四嫂　娘子，二妹妹，黑旋风拿住了！拿住了！

娘子　真的？在哪儿呢？

四嫂　我看见他了，有人押着他，往派出所走呢！

娘子　我啐他两口去！

二春　走，我们斗争他去！把这些年他所作所为都抖漏出来，教他这
　　　个坏小子吃不了兜着走！

大妈　二春，我不准你去！

二春　他吃不了我，您放心！

娘子　疯子，你也来！

疯子　（摇头）我不去！

娘子　那么，你没教他们打得顺嘴流血，脸肿了好几天吗？你怎这么
　　　没骨头！

疯子　我不去！我怕打架！我怕恶霸！

娘子　你简直不是这年头儿的人！二妹妹，咱们走！

二春　走！（同娘子匆匆跑去）

大妈　二春！你离黑旋风远着点！这个丫头，真疯得不像话啦！

四嫂　大妈，别再老八板儿啦。这年月呀，女人尊贵啦，跟男人一样
　　　可以走南闯北的。您看，自从转过年来，这溜儿女孩子们，跟
　　　男小孩一个样，都白种花儿，白打药针，也都上了学。唉，要
　　　是小妞子还活着……

疯子　那够多么好呢！

四嫂　她太……（低头疾走入室）

大妈　唉！（也往屋中走）

疯子　（独自徘徊）天下是变了，变了！你的人欺负我，打我，现在
　　　你也掉下去了！穷人、老实人、受委屈的人，都抬起头来；

115

你们恶霸可头朝下！哼，你下狱，我上民教馆开会！变了，天下变了！必得去，必得去唱！一个人唱，叫大家喜欢，多么好呢！

〔狗子偷偷探头，见院中没人，轻轻地进来。

狗子　（低声地）疯哥！疯哥！

疯子　谁？啊，是你！又来打我？打吧！我不跑，也不躲！我可也不怕你！你打，我不还手，心里记着你；这就叫结仇！仇结大了，打人的会有吃亏的那一天！打吧！

四嫂　（从屋中出来）谁？噢！是你！（向狗子）你还敢出来欺负人？好大的胆子！黑旋风掉下去了，你不能不知道吧？好！瞧你敢动他一下，我不把你碎在这儿！

狗子　（很窘，笑嘻嘻地）谁说我是来打人的呀！

四嫂　量你也不敢！那么是来抢？你抢抢试试！

狗子　我已经受管制，两个多月没干"活儿"①了！

四嫂　你那也叫"活儿"？别不要脸啦！

狗子　我正在学好！不敢再胡闹！

四嫂　你也知道怕呀！

狗子　赵大爷给我出的主意：教我到派出所去坦白，要不然我永远是个黑人。坦白以后，学习几个月，出来哪怕是蹬三轮去呢，我就能挣饭吃了。

四嫂　你看不起蹬三轮的是不是？反正蹬三轮的不偷不抢，比你强得多！我的那口子就干那个！

──────────

①　活儿，指偷窃。

狗子　我说走嘴啦！您多担待！（赔礼）赵大爷说了，我要真心改邪归正，得先来对程大哥赔"不是"，我打过他。赵大爷说了，我有这点诚心呢，他就帮我的忙；不然，他不管我的事！

四嫂　疯哥，别叫他赔不是，你也照样儿给他一顿嘴巴！一还一报，顶合适！

狗子　这位大嫂，疯哥不说话，您干吗直给我加盐儿呢！赵大爷大仁大义，赵大爷说新政府也大仁大义，所以我才敢来。得啦，您也高高手儿吧！

四嫂　当初你怎么不大仁大义，伸手就揍人呢？

狗子　当初，那不是我揍的他。

四嫂　不是你？是他妈的畜生？

狗子　那是我狗仗人势，借着黑旋风发威。谁也不是天生来就坏！我打过人，可没杀过人。

四嫂　倒仿佛你是天生来的好人！要不是而今黑旋风玩完了，你也不会说这么甜甘的话！

疯子　四嫂，叫他走吧！赵大爷不会出坏主意，再说我也不会打人！

四嫂　那不太便宜了他？

疯子　狗子，你去吧！

四嫂　（拦住狗子）你是说了一声"对不起"，还是说了声"包涵"哪？这就算赔不是了啊？

狗子　不瞒您说，这还是头一次服软儿！

四嫂　你还不服气？

狗子　我服！我服！赵大爷告诉我了，从此我的手得去作活儿，不能再打人了！疯哥，咱们以后还要成为朋友呢，我这儿给您赔不

是了！（一揖，搭讪着往外走）

疯子　回来！你伸出手来，我看看！（看手）啊！你的也是人手，这我就放心了！去吧！

〔狗子下。

四嫂　唉，疯哥，真有你的，你可真老实！

疯子　打人的已经不敢再打，我怎么倒去学打人呢！（入室）

〔二嘎子飞跑进来。

二嘎　妈！妈！来了！他们来了！

四嫂　谁来了？没头脑儿的！

大妈　（在屋中）二嘎，二春满世界找你，叫你上学，你怎么还不去呀？

二嘎　我这就去，等我先说完了！妈，刚打这儿过去，扛着小红旗子，跟一节红一节白的长杆子，还有像照像匣子的那么个玩艺儿。

大妈　（出来）到底是干什么的呀？这么大惊小怪的！

二嘎　街上的人说，那是什么量队，给咱们量地。

四嫂　量地干什么呢？

大妈　不是跑马占地吧？

二嘎　跑马占地是怎回事？

大妈　一换朝代呀，王爷、大臣、皇上的亲军就强占些地亩，好收粮收租，盖营房；咱们这儿原本是蓝旗营房啊！

四嫂　可是，大妈，咱们现在没有王爷，也没有大臣。

大妈　甭管有没有，反正名儿不一样，骨子里头都差不了多少！

四嫂　大妈，自从有新政府，咱们穷人还没吃过亏呀！

大妈　你说得对！可那也许是先给咱们个甜头尝尝啊！我比你多吃过几年窝窝头，我知道。当初，日本人，哟，现在说日本人不要紧哪？

四嫂　您说吧，有错儿我兜着！

大妈　你就是"王大胆"嘛！他们在这儿，不是先给孩子们糖吃，然后才真刀真枪的一杀杀一大片？后来日本人走了，紧跟着就闹接收。一上来说的也怪受听，什么捉拿汉奸伍的；好，还没三天半，汉奸又作上官了；咱们穷人还是头朝下！

四嫂　这回可不能那样吧？您看，恶霸都逮去了，咱们挣钱也容易啦，您难道不知道？

二嘎　妈，甭听王奶奶的！王奶奶是个老顽固！

四嫂　胡说，你知道什么？上学去！

二嘎　可真去了，别说我逃学！（下）

大妈　这孩子！（匆匆入室）

　　　〔赵老高高兴兴地进来。

四嫂　赵大爷，冯狗子来过了，给疯哥赔了不是。您看，他能改邪归正吗？

赵老　真霸道的，咱们不轻易放过去；不太坏的，像冯狗子，咱们给他一条活路。我这对老眼睛不昏不花，看得出来。四奶奶，再告诉你个喜信！

四嫂　什么喜信啊？

赵老　测量队到了，给咱们看地势，好修沟！

四嫂　修沟？修咱们的龙须沟？

赵老　就是！修这条从来没人管的臭沟！

四嫂　赵大爷，我，我磕个响头！（跪下，磕了个头）

疯子　（开了屋门）什么？赵大爷！真修沟？您圣明，自从一解放，您就说准得修沟，您猜对了！

二春　（由外边跑来）妈！妈！我没看见黑旋风，他们把他圈起去啦。我可是看见了测量队，要修沟啦！

大妈　（开开屋门）我还是有点不信！

二春　为什么呢？

大妈　还没要钱哪，不言不语的就来修沟？没有那么便宜的事！

赵老　（对疯子）疯哥，你信不信？

疯子　不管王大妈怎样，我信！

赵老　（问四嫂）你说呢？

四嫂　我已经磕了头！

二春　这太棒了！想想看，没了臭水，没了臭味，没了苍蝇，没了蚊子，噢，太棒了！赵大爷，恶霸没了，又这么一修沟，咱们这儿还不快变成东安市场？从此，谁敢再说政府半句坏话，我就掰下他的脑袋来！

赵老　（问大妈）老太太，您说呢？

大妈　我？（不好意思地笑了笑）大家伙儿怎说，我怎么说吧！

二春　咱们站在这儿干什么？还不扭一回哪？（领头扭秧歌）呛，呛，起呛起！

众人　（除了大妈）呛，呛，起呛起！（都扭）

疯子　站住！我想起来啦！我一定到民教馆去唱，唱《修龙须沟》！

（第二场终）

120

第三场

时间　一九五〇年夏初，午饭前。

地点　同前。

　　〔幕启：王大妈独坐檐下干活，时时向街门望一望，神情不安。赵大爷自外来。

赵老　就剩您一个人啦？

大妈　可不是，都出去了。您今天没有活儿呀？

赵老　西边的新厕所昨儿交工，今天没事。（坐小凳上）我刚才又去看了一眼，不是吹，我们的活儿作得真叫地道。好嘛，政府出钱，咱们还不多卖点力气，加点工！

大妈　就修那一处啊？

赵老　至少是八所儿！人家都说，龙须沟有吃的地方，没拉的地方，这下子可好啦！连自来水都给咱们安！

大妈　可是真的？我就纳闷儿，现而今的作官的为什么这么爱作事儿？把钱都给咱们修盖了茅房什么的，他们自己图什么呢？

赵老　这是人民的政府啊，老太太！您看，我这个泥水匠，一天挣十二斤小米，比作官儿的还挣得多呢！

大妈　这一年多了，我好歹的也看出点来，共产党真是不错。

赵老　这是您说的？您这才说了良心话！

大妈　可是呀，他们也有不大老好的地方！

赵老　那您就说说吧。好人好政府都不怕批评！

大妈　昨儿个晚上呀，我跟二春拌了几句嘴；今儿个一清早，她就不
　　　见了。

赵老　她还能上哪儿，左不是到她姐姐家去诉诉委屈。

大妈　我也那么想，我已经托疯哥找她去啦。

赵老　那就行啦。可是，这跟共产党有什么相干？

大妈　共产党厉害呀！

赵老　厉害？

大妈　您瞧啊，以前，前门里头的新事总闹不到咱们龙须沟来。城里
　　　头闹什么自由婚，还是葱油婚哪，闹呗；咱们龙须沟，别看地
　　　方又脏又臭，还是明媒正娶，不乱七八糟！

赵老　王大妈，我明白了，二春要自由结婚？

大妈　真没想到啊！共产党给咱们修茅房，抓土匪，还要修沟，总算
　　　不错。可是，他们也教年轻的去自由。他们不单在城里头闹，
　　　还闹到龙须沟来，您说厉害不厉害！

赵老　这才叫真革命，由根儿上来，兜着底儿来！

大妈　您要是有个大姑娘，您肯教她去自由吗？那像话吗？

赵老　我？王大妈，咱们虽然是老街坊了，我可是没告诉过您。我的
　　　老婆呀……

大妈　您成过家？您的嘴可真严得够瞧的！这么些年，您都没说过！

赵老　我在北城成的家，我的老婆是媒人给说的。结婚不到半年，她
　　　跟一个买卖人跑了。她爱吃喝玩乐，她长得不寒碜——那时
　　　候我也怪体面——我挣的不够她花的！她跑了之后，我没脸再

在城里住，才搬到龙须沟来。老婆跑了，我自然不会有儿女。比方说，我要是有个女儿，要自己选个小人儿，我就会说：姑娘，长住了眼睛，别挑错了人哟！

〔程疯子挺高兴地进来。

大妈　二春在大姑娘那儿哪？

疯子　在那儿，一会就回来。

大妈　这我就放心了！劳你的驾！你跟她怎么说的？

疯子　我说，回去吧，二姑娘，什么事都好办。

大妈　她说什么呢？

疯子　她说：妈妈要是不依着我，我就永远不回去，打这儿偷偷地跑了！

大妈　丫头片子，没皮没脸！你怎么说的？

疯子　我说，别那么办哪！先回家，从家里跑还不是一样？

大妈　这是你说的？你呀，活活的是个半疯子！

赵老　大妈，想开一点吧。二春的事，您可以提意见，可千万别横拦着竖挡着！我吃过媒人的亏，所以我知道自由结婚好！

大妈　唉，我简直地不知道怎么办好啦！

〔丁四脚底下像踩着棉花似的走进来。

大妈　这是怎么啦！

丁四　没事，我没喝醉！

赵老　大妈，给他点水喝！回头别教四嫂知道，省得又闹气！

大妈　我给他倒去。（去倒水）哼，还没到晌午，怎么就喝猫尿呢？

疯子　（扶丁四坐下）坐坐！

大妈　（端着水）先喝口吧！（把水交给疯子）

丁四　没事！我没喝醉！

赵老　喝多了点，可是没醉！

大妈　就别说他了，他心里也好受不了！（向丁）再来一碗水呀！

丁四　不要了，大妈！劳您驾！刚才一阵发晕，现在好啦！（把碗递给大妈）我是心里不痛快，其实并没喝多！

　　　〔大妈又去干活；疯子也坐下。

赵老　（向丁）我不明白，老四，四奶奶现在挣得比从前多了，你怎么倒不好好干了呢？你这个样，教我老头子都没脸见四奶奶，她托我劝你不是一回了！

丁四　您向着这个政府，净拣好的说。

赵老　有理讲倒人，我没偏没向！

丁四　您听我说呀，二嘎子的妈，不错，是挣得多点了；可是我没有什么生意。您看，解放军不坐三轮儿，当差的也不是走，就是骑自行车，我拉不上座儿！

赵老　可是你也不能只看一面呀。解放军不坐车？当初那些大兵倒坐车呢，下了车不给钱，还踹你两脚。先前你是牛马，现在你是人了。这不是我专拣好的说吧？

丁四　不是。

赵老　好！当初，巡警不敢管汽车，专欺负拉车的，现在还那样吗？

丁四　不啦！

赵老　好！前些日子，政府劝你们三轮车夫改业，我掰开揉碎地劝你，你只当了耳旁风。

丁四　我三十多岁了，改什么行？再者我也舍不得离开北京城。

赵老　只要你不惜力，改行就不难！舍不得北京，可又嫌这儿脏臭，动不动就泡蘑菇，你算怎么回事呢？开垦，挖煤，人家走了的都快快活活地搞生产，政府并不骗人！

丁四　骗人不骗人的，反正政府说话有时候也不算话！

赵老　什么？

丁四　您就说，前些日子，他们测量这儿，这么多天啦，他们修沟来了没有？

赵老　修沟不是仨钱儿油俩钱儿醋的事，那得画图，预备材料，请工程师，一大堆事哪！丁四，我跟你打个赌，怎样？

丁四　甭打赌。反正多咱修沟，我就起劲儿干活儿。您老说，这个政府是人民的，我倒要看看，给人民办事不办！这条沟淹死了小妞，我跟它有仇！

赵老　这可是你说的？不准说了不算！

丁四　您看着呀！

赵老　好，我等着你的！多咱沟修了，你还不听我的话，看，我要不揍你一顿的！

丁四　您揍我还不容易，我又不敢回手。

赵老　你这个家伙，软不吃，硬不吃，没法儿办！

　　　〔二嘎子提着一筐子煤核儿，飞跑进来。

二嘎　爸爸，给你，半筐子煤核儿，够烧好大半天的！（说完，转身就跑）

丁四　嗨！你又上哪儿闯丧去？

二嘎　我上牟家井！

丁四　干吗？

二嘎　那里搭上了窝棚，来了一大群作工的。还听说，大街上不知道

125

多少辆车，拉着砖、洋灰、沙子，还有里面能站起一个人的大洋灰筒子！我得钻到筒子里试试去，看到底有多高！（跑去）

赵老　修沟的到了！到了！

疯子　二嘎子，等等，我也去！（跑去）

大妈　（也立起来往前跑了两步）真修沟？真一个钱也不跟咱们要？

赵老　这才信了我的话吧？老太太！

大妈　没听说过的事！没听说过的事！

赵老　丁四，你怎么说？

丁四　我，我……

赵老　（把丁四拉起来，面对面恳切地）丁四，你看，咱们的政府并不富裕——金子、银子不是都教蒋介石跟贪官给刮了去，拿跑了吗？——可是，还来给咱们修沟，修沟不是一两块钱的事啊！政府的这点心，这点心，太可感激了吧？

丁四　我知道！

赵老　东单、西四、鼓楼前，哪儿不该修？干吗先来修咱们这条臭沟？政府先不图市面儿好看，倒先来照顾咱们，因为这条沟教我年年发疟子，淹死小妞子；一下雨，娘子就摆不上摊子，你拉不出车去，臭水带着成群的大尾巴蛆，流到屋里来。政府知道这些，就为你，我，全龙须沟的人想办法，不教咱们再病，再死，再臭，再脏，再挨饿。你我是人民，政府爱人民，为人民来修沟！你信不信我的话呀？

丁四　我信了！信了！我打这儿起，不再抱怨，我要好好地干活儿！

赵老　比如说，政府招呼你去修沟，你去不去呢？这是你的沟，也是你的仇人，你肯不肯自己动手，把它弄好了呢？

丁四　别再问啦，赵大爷，对着青天，我起誓：一动工，我就去挖沟！

（幕落）

第三幕

第一场

时间　一九五〇年夏。某一夜的后半夜，天尚未明。

地点　龙须沟地势较高处的一家小茶馆——三元茶馆。

布景　三元茶馆是两间西房，互相通连，冬天在屋里卖茶，夏季在屋外用木棍支着旧席棚，棚下有土台，作为茶桌。旁边放着长方桌，上边有茶壶、茶碗和小酒坛子、酒菜，和少许的低级香烟，另外两三个玻璃缸里面装着一包包的茶叶、花生仁等。

〔幕启：前半夜的雨刚刚止住，还能听得见从破席棚滴下来的滴水声，间有一两声鸡鸣。

〔茶馆的刘掌柜，点着洋油灯在炉旁看看火，看看水壶，又向棚外张望，好像在等待什么人似的。

〔一位警察走向棚来，穿着被水浸透的雨衣，赤脚穿着胶皮鞋，泥已溅满裤腿上，手里拿着电筒。

警察　刘大爷，您多辛苦啦！

掌柜　哪儿的话您哪！

警察　您这儿预备得怎么样啦？

掌柜　都差不离儿啦，等会儿老街坊们来到，准保有热茶喝，有舒服地方坐。

警察　这就好了！所长指示我，教我跟赵大爷说：请他先别挖沟，先招呼着老街坊们到这儿来，免得万一房子塌了，砸伤了人！

掌柜　也就是搁在现而今哪，要是在解放以前，别说下雨，就是淹死、砸死也没人管哪！这可倒好，派出所还给找好了地方，教老街坊们躲躲儿，惟恐怕房子塌了砸死人！

警察　（一边听掌柜的讲话，一边用电筒照那两间西房）可不，这回事啊，也幸亏是大家伙儿出来自动地帮忙，要光靠我们派出所这几个人跟工程队呀，干的也不能这么快！刘大爷，我走啦！回头赵大爷领着老街坊们来，您可多照应点儿！哟！老街坊们来了！

　　　　〔赵老领着一批群众先上。

警察　赵大爷！都来了吗？

赵老　来了一拨儿，跟着就都来！

警察　这儿拜托您啦！我帮助挖沟去。（向群众）老街坊们！这儿歇歇儿吧！（下）

赵老　女人、小孩到屋里去！屋里有火，先烤干了脚！

　　　　〔女人、小孩向屋内移动，男人们或立或坐。

赵老　二春！二春！二春还没来吗？

二春　（从外面应声）来嘹！赵大爷，我来嘹！（跑上，手中提着小包，身上披着破雨衣；放下小包；一边脱雨衣，一边说）好家伙，差点儿摔了两个好的。地上真他妈的滑！

赵老　别说废话，先干活儿！

二春　干什么？您说！

赵老　先去烧水、沏茶，教大家伙儿热热呼呼的喝一口！然后再多烧水，找个盆，给孩子们烫烫脚，省得招凉生病！

二春　是啦！（提起小包要往屋中走）

〔一青年背着王大妈上，她两手拿着许多东西。

大妈　二春！二春！你在哪儿哪？你就不管你妈了呀？我要是摔死了，你横是连哭都不哭一声！

二春　（向青年）你进来歇歇呀！

青年　还得背人去呢！（跑下）

二春　妈！屋里烤烤去！（接妈手中的东西）

大妈　我不在这儿！（不肯松手东西）

二春　不在这儿，您上哪儿？

大妈　我回家！我忘了把烙铁拿来了！

赵老　大妈，这是瞎胡闹！烙铁不会教水冲了走！您岁数大，得给大家作个好榜样，别再给我们添麻烦！

大妈　唉！（坐下）我早就知道要出漏子！从前，动工破土，不得找黄道吉日吗？现在，好，说动土就动土，也不挑个好日子；龙须沟要是冲撞了龙王爷呀，怎能不发大水！

赵老　二春！干你的去；就让老太太在这儿叨唠吧！

二春　妈，好好的在这儿，别瞎叨唠！现在呀，哪天干活儿，哪天就是黄道吉日，用不着瞧皇历！（入屋中）

〔疯子搀着娘子上。

娘子　你撒手我！你是搀我，还是揪我呢？

疯子　好，我撒手！

娘子　赵大爷，我干点什么？

130

赵老　帮助二春去，她在屋里呢。疯哥，你把东西交给娘子，去作联络员，来回地跑着点。

疯子　好，我能作这点事。真个的，这儿的水够使吗？自来水的钥匙可在咱身上呢！

掌柜　够用，够用！

〔疯子下。

娘子　（看见大妈）哟！老太太，您怎么在这儿坐着，不进去呢？

大妈　我不进去！没事找事儿，非挖沟不可，看，挖出毛病来没有？

娘子　您忘了，每回下大雨不都是这样吗？

赵老　再说，沟修好以后，就永远不再出这样的毛病了！

二春　（在屋门内）赵大爷，娘子，都不必再理她！妈，您老这么不讲理，我可马上就结婚，不伺候着您了！

大妈　哼，不教我相看相看他，你不用想上轿子！

二春　您不是相看过了吗？

大妈　我？见鬼！我多咱看见过他？

二春　刚才背着您的是谁呀？（回到屋内）

大妈　就是他？

赵老
娘子　哈哈哈！

娘子　这门亲事算铁了！

大妈　我，我，我斗不过你们！我还是回家！破家值万贯，我不能半夜里坐野茶馆玩！

娘子　算了吧，老太太！这回水并不比从前那些回大，不过呀，政府跟警察呀，唯恐其砸死人，所以把咱们都领到这儿来！得啦，进去歇会儿吧!

二春　（在屋中）快来呀,茶沏好啦! 谁来碗热的!

娘子　走吧,喝碗热茶去! （扯大妈往屋中走）

疯子　（在远处喊叫）往这边来,都往这边来! 赵大爷,又来了一批!

赵老　（往外跑）这边! 这边!

　　　〔又来了一批人,男的较多。

赵老　女的到屋里去! 男的把东西放下,丢不了。咱们还得组织一下,多去点人,帮着舀水跟挖沟去吧! 不能光教官面上的人受累,咱们在旁边瞧着呀!

众甲　冲着人家这股热心劲儿,咱们应当回去帮忙!

赵老　这话说得对! 有我跟刘掌柜的在这儿,放心,人也丢不了,东西也丢不了。我说,四十岁以上的去舀水,四十以下的去挖沟,合适不合适?

众乙　就这么办啦!

众人　咱们走哇! （下）

　　　〔丁四嫂独自跑上。

四嫂　赵大爷,赵大爷,没看见二嘎子呀?

赵老　没有! 他那么大了,丢不了!

四嫂　这孩子,永远不教大人放心!

赵老　丁四呢?

四嫂　他挖沟去了!

赵老　好小子! 他算有了进步!

四嫂　有了进步? 哼! 您等着瞧! 他在外面受了累回来,我的罪过可

132

大啦！他横挑鼻子竖挑眼，倒好像他立下汗马功劳，得由我跪接跪送才对！

赵老 就对付着点吧！你受点委屈，将就将就他。不管怎么说，他现在总是为人民服务哪，还真卖力气，也怪难为他的！

娘子 （在屋门口叫）四嫂，进来，喝口水，赶赶寒气儿！

四嫂 娘子，你给我照应着东西，我得找二嘎子去！好家伙，他可别再跟小妞子似的……（下）

〔疯子跑进来。

疯子 丁四哥回来了！

〔丁四扛着铁锹，满身泥垢，疲惫地从外边来。

赵老 四爷，回来啊？

丁四 快累死了，还不回来？

疯子 四哥，沟怎样啦？

丁四 快挖通了！（坐）

娘子 （端茶来）四哥，先喝口热的！（让别人）

大妈 （出来）丁四，到底是怎么一回事呀？水下去没有？屋子塌了没有？咱们什么时候能回去？他们真把东西都搬到炕上去了吗？

二春 （出来）妈！妈！您一问就问一大车事呀！四哥累了半夜了，您教他歇会儿！

大妈 我不再出声，只当我没长着嘴，行不行？

丁四 别吵喽！有人心的，给我弄点水，洗洗脚！

二春 我去！我去！（入屋）

丁四 （打哈欠）赵大爷！

赵老　啊！怎样？

丁四　自从一修沟，我就听您的话，跟着作工。政府对得起咱们，咱们也要对得起政府。话是这么讲不是？

赵老　对！你有功！政府给咱们修沟，你年轻轻的还不出一膀子力气？

丁四　可是，我苦干一天，晚上还教水泡着，泥人还有个土性儿，我受不了！我不干啦！我还去拉车，躲开这个臭地方！

二春　（端水来）四哥，先烫烫脚！

丁四　（放脚在盆内）我不干了！

二春　不干什么呀？

疯子　四哥！四哥！来，我给你洗脚，你去修沟，你跟政府一样的好，我愿意给你洗脚。赵大爷常说，为大家干活儿的都是好汉。四哥，你是好汉，我愿意伺候你，你也知道，我不是那种低三下四的人！

娘子　四哥，疯子常犯糊涂，这回可作对了！教他给你洗！

丁四　疯哥，那不行！不敢当！

　　　　〔四嫂跑进来。

四嫂　那可不能！疯哥，起开，我给他洗！（蹲下给他洗）

丁四　你干什么去啦？

四嫂　我找二嘎子去啦。找了七开八得，也找不着他！

丁四　对，再把儿子丢了，够多么好啊！我是得躲开这块倒霉的地方！这个地方不出好事！

四嫂　你又来了不是？你是困了，累了，闹脾气。洗完了，我给你找个地方，睡会儿觉！二嘎子丢不了，他那么大了。

赵老　丁四，你现在为大家伙儿挖沟，大家伙儿谁不伸大拇哥，说你好！

丁四　是吗，脚都快泡烂了，还不说我好！

〔一警察背着二嘎子进来，二嘎子已睡着了。

四嫂　（迎过去）二嘎子，你上哪儿去喽？

警察　他是好心，跟着我跑了半夜。现在，他已经睁不开眼，我把他背回来啦。

二嘎　（睁开眼，下来）妈！我可困得不行了！

〔四嫂携二嘎子入屋中。

警察　赵大爷，辛苦啦！这儿都顺序？

赵老　挺好！你先喝碗水吧，也累得够瞧的啦！

二春　来，您喝碗！（递茶）

警察　谢谢二姑娘，你也卖了力气！王大妈，您受委屈啦！

大妈　我受屈不受屈的，到底这都是怎回事呢？

警察　待会儿我再跟您说。疯哥，娘子，你们也辛苦啦！

娘子　您才真受了累！疯子今天也不错，作联络员！

警察　丁四哥，这一夜可够你受的！

赵老　哼，老四正闹脾气！又是什么还拉车去，不管咱们的臭事儿喽！

丁四　赵大爷，赵大爷，那是刚才，现在我又好啦！同志，就凭您亲自把二嘎子背回来，您教我干吗，我干吗！什么话呢，咱们都是外场人，不能一面理，耍老娘儿们脾气！

二春　女人，我们女人并不像你，一会儿明白，一会儿糊涂！

警察　得，得，先别拌嘴！丁四，你找个地方睡会儿去！

丁四　这儿就好，打个盹儿就行！

二春　可倒好，说不闹脾气，就比谁都顺溜！

〔刚才走出去的男人们回来一部分。

警察　辛苦了，诸位！沟挖通了？

众人　通啦！

警察　屋里还有人吧？

二春　有，孩子跟妇女。

警察　别惊动小孩子，大人愿意听听的，可以请出来。

二春　我去。（跑到屋门口叫大家）

警察　老街坊们！

〔众妇人，四嫂在内，随二春出来。

警察　老街坊们！都请坐！请赵大爷说说，因为夜里的事儿，有人知
　　　道，有人还不大清楚。（众有立有坐）赵大爷，说说吧！

赵老　你也坐下吧！你也干了半夜啦！

警察　行，站着好。

赵老　老街坊们，修沟的计划是先修一道暗沟；把暗沟修好，再填上
　　　那条老的明沟。这个，诸位都知道。

众人　知道。

赵老　刚一修沟的时候，工程处就想得很周到，下边用板子顶住沟梆
　　　子，上边用柱子戗住了墙，省得下面的土一松，屋子跟墙就许
　　　垮架；咱们这溜儿的房子都不大结实。这个，大家也都知道。

众人　知道。

赵老　可是，连这么留神哪，还出了昨儿夜里的毛病！第一是：谁也
　　　没有想到这么早就能下瓢泼瓦灌的暴雨。第二是：正在新沟跟

旧沟接口的地方，新挖出来的土一时措手不及抬走，可就堵住了旧沟。这么一来，大家可受了惊，受了委屈，受了损失。区政府里，公安局里都觉得对不起咱们。刚才，连区长带别的首长，全都听到信儿就赶到了；区长亲自往外背人，抢救东西。派出所所长，现在还在给大家往外掏水呢。诸位有什么话，尽管说，待会儿好转告诉区长、所长。

〔众人无语。

警察　有话就说吧，好话歹话都可以说，咱们是一家人！

二春　要依我看哪……

大妈　二春！这儿有的是人，你占什么先，姑娘人家的！

二春　好，您要有话，您就说！

〔大妈不语。

赵老　大妈说呀！现在的警察愿意听咱们的话。

大妈　我没的说，要说呀，我只说这一句：下回再下雨呀，甭教我出来！半夜三更的实在可怕！

警察　区长、所长是怕屋子塌了，砸死人哪！老太太！

众甲　要不挖那道暗沟，不是没有这回事了吗？

二春　你说的是糊涂话！

众甲　这儿不是谁都可以说话吗？

二春　可也不能说糊涂话！不修暗沟！怎么能填平了明沟；不弄没了明沟，咱们这里几儿个才能不脏不臭？你说！

娘子　再说——

众乙　喝！娘子军！

〔众人笑。

137

娘子 再说：去年，前年，年年哪回下大雨，不淹起咱们来？可是，淹死，砸死，有谁管过咱们？咱们凭良心说话，这回并不比往年那些回淹得苦，可是连区长都上头淋着，下头蹚着，来救咱们，咱们得谢谢他们！

四嫂 我不管别的，只说说我的那口子，（指伏桌睡的丁四）要不是因为修咱们的沟，他能变成工人，给大家伙作点事吗？赶明儿个，沟修好了，有多么棒呢！

二春 说得好！四嫂！

〔众人鼓掌。

警察 赵大爷，您再说两句吧！

众人 赵大爷多说说！

赵老 好吧，我再说几句吧。政府不修王府井大街，不修西单牌楼，可先给咱们修沟，这实在是件了不起的事。修沟出了点毛病，政府又这么关心我们，我活六十多岁了，没有见过！再者，沟修好了以后，不是就永远不出毛病了吗？人心都在人心上，政府爱我们，我们也得爱政府。是不是呀？诸位？

众人 赵大爷说得对！

疯子 要没这回事，咱们还不知道政府这么好呢！

警察 我补充一两句：这回事儿还算好，没有伤了人。大家的东西呢，来得及的我们都给搬到炕上去了。现在，雨住了，天也亮了，大家愿意回家看看去呢，就去；愿意先歇会儿再去呢，西边咱们包了两所小店儿，大家随便用。

赵老 到家里看看，要是没法儿歇歇睡会儿，还可以到店里去。是这样不是？

138

警察　对！西边的联升店跟天成店。二春姑娘，你招呼着姑娘老太太们到联升店去。赵大爷，您带着男同志们到天成店去。

二春　妈、娘子、四嫂、诸位，咱们走哇！

娘子　我去拿东西。（入屋中，几位妇人随着）

四嫂　（同二嘎出来）这位爷（指丁四）还睡哪。顶好别惊动他，就让他睡下去吧。（给他披上一件衣服）

二春　妈，走哇！

大妈　一辈子没住过店，我不去！我回家！

二春　屋里还有水哪！

大妈　在家里蹚着水也是好的！

二春　成心捣乱！妈！您可真够瞧的！

四嫂　二嘎子，你送王奶奶去！到家要是不能住脚，就搀她老人家到店里来，听见了没有？给王奶奶拿着东西！

二嘎　王奶奶，我要是走得快，您可别骂我！

大妈　我几儿骂过人？小泥鬼儿！

警察　王大妈，您走哇？慢着点，地上怪滑的！

大妈　（回首）久住龙须沟，走道儿坏会不知道怎么留神？

二春　（对妇女们）咱们走吧？

众人　走！同志，替我们给区长、所长道谢！（往外走）

赵老　（对男人们）咱们也走吧？

众甲　咱们给挖沟的弟兄们喊个好！

众人　（连没走净的妇女一齐喊）好！好！

（第一场终）

第二场

时间 一九五〇年夏末。龙须沟的新沟落成，修了马路。

地点 同第一幕小杂院。

布景 杂院已经十分清洁，破墙修补好了，垃圾清除净尽了，花架子上爬满了红的紫的牵牛花。赵老的门前，水缸上，摆着鲜花。丁四的窗下也添了一口新缸。满院子被阳光照耀着。

〔幕启：王大妈正坐在自己门前一个小板凳上，给二春缝着花布短褂，地上摆着一个针线笸箩。四嫂从屋里出来，端详自己的打扮，特别是自己的新鞋新袜子。

大妈 （看四嫂出来，向她发牢骚）四嫂哇！您看二春这个丫头，今儿个也不是又上哪儿疯去了！我这儿给她赶件小褂，连穿上试试的工夫都抓不着她！

四嫂 她忙啊！今天咱们门口的暗沟完工，也不是要开什么大会，就是办喜事的意思。她说啦，您、我、娘子都得去；要不怎么我换上新鞋新袜子呢！您看，这双鞋还真抱脚儿，肥瘦儿都合适！

大妈 我可不去开会！人家说什么，我老听不懂。

四嫂 也没什么难懂的。反正说的都离不开修沟，修沟反正是好事，好事反正就得拍巴掌，拍巴掌反正不会有错儿，是不是？老太太！

大妈 哼，你也跟二春差不多了，为修沟的事，一天到晚乐得并不上嘴儿！

四嫂 是值得乐嘛！您看，以前大伙儿劝丁四找点正事作，谁也劝不

140

动他。一修沟，好，沟把他劝动了！

大妈　臭沟几儿个跟他说话来着？

四嫂　比方说呀，这是个比方，沟仿佛老在那儿说：我臭，你敢把我怎样了？我淹死你的孩子，你敢把我怎样了？政府一修沟啊，丁四可仿佛也说了话：你臭，你淹死我的孩子？我填平了你个兔崽子！就是这么一回事。

〔娘子提着篮子回来。

四嫂　娘子，怎这么早就收了？

娘子　不是要开大会吗？百年不遇的事，我歇半天工，好开会去。喝，四嫂子，您都打扮好了？我也得换上件干净大褂儿。这，好比说，就是给龙须沟作生日；新沟完了工，老沟玩了完！

大妈　什么事儿呀，都是眼见为真；老沟还敞着盖儿，没填上哪！

娘子　那还能不填上吗？留着它干什么呀？老太太，对街面儿上的事您太不积极啦！

大妈　什么鸡极鸭极的，反正我沉得住气，不乱捧场，不多招事。

四嫂　我知道您为什么老不高兴，就是为二姑娘的婚事。您心里有这点委屈别扭，就看什么也不顺眼，是吧？

大妈　按说，我不应当因为自己的别扭，就拦住你们的高兴！是啊，你们应该高兴。你就说，连疯哥都有了事作，谁想得到啊！

娘子　大妈，您别提疯子，他要把我气死！

大妈
　　　怎么？
四嫂

娘子　自从他得着这点美差，看自来水，夜里他不定叫醒我多少遍。一会儿，娘子，鸡还没打鸣儿哪？

大妈　他可真鸡极呀！

娘子　待一会儿，娘子，还没天亮哪？这家伙，看看自来水，倒仿佛作了军机大臣，唯恐怕误了上朝！

四嫂　娘子，可也别说，他要不是一个心眼，说干就真干，为什么单派他看自来水呢？我看哪，他手不能提篮，肩不能担担，这个事儿交给他顶合适啦！

娘子　是呀，无论怎么说吧，他总算有了点事作；好歹的大伙儿不再说他是废物点心，我的心里总痛快点儿！要是夜里他不闹，不就更好了吗？

四嫂　哪能那么十全十美呢？这就不错！我的那口子不也是那样吗？在外边，人家不再喊他丁四，都称呼他丁师傅，或是丁头儿；你看，他乐得并不上嘴儿；回到家来，他的神气可足了去啦，吹胡子瞪眼睛的，瞧他那个劲儿！

娘子　可也别说呀，他这路工人可有活儿干啦！净说咱们这一带，到永定门去的大沟，东晓市的大沟，就还够作好几个月的。共产党啊，是真行！听说，三海、后海、什刹海，连九城的护城河，都给挖啊！还垒上石头坝。以后还要挨着班儿地修马路呢。四哥还愁没事儿作？二嘎子更有出息啦，进工厂当小工子，还外带着念书，赶明儿要是好好的干，说不定长大了还当厂长呢！

四嫂　唉！慢慢地熬着吧，横是离好日子不远啦！哟！二嘎子那件小褂儿还没上领子呢！（进屋取活计）

　　〔程疯子自外面唱着走来。

疯子　我的水，甜又美，喝下去肚子不闹鬼。我的水，美又甜，一挑儿才卖您五十元。

娘子　瞧这个疯劲儿！大妈！您坐着，我进去换衣裳去啦。（下）

疯子　（进来，还唱）沏茶喝，甜又香，不像先前沏出茶来稠嘟嘟的像面汤。洗衣裳，跟洗脸，滑滑溜溜又省胰子又省硷。

四嫂　（取了活计出来，缝着衣服）疯哥，你不看着水，干吗回来啦？

疯子　大妈、四嫂，我回来研究那段数来宝，好到大会去唱！二嘎子替我看着水呢。他现在识文断字，比我办事还精明呢！

四嫂　哼，你们这一对儿够多么漂亮啊！

疯子　四嫂，别小看我们俩，坐在一块儿我们就讨论问题！

四嫂　就凭你们俩？

疯子　您听着呀！刚才，我说，二嘎子，你看，现在咱们这儿有新沟老沟两条沟，一前一后夹住了咱们的院子。新沟是暗沟，管子已经都安好，完了工啦；上面修成了一条平平正正的马路。二嘎子说：赶明儿个，旧沟又俜喳俜喳地一填，填平了，又修成一条马路。我就说，咱们房前房后，这么一来，就有两条马路，马路都修好，我问二嘎子，该怎么办了？四嫂，二嘎子真聪明；他说：该种树！他问我：疯大爷，种什么树？我说：柳树，垂杨树，多么美呀！二嘎子说：呸！

四嫂　你看这孩子！

疯子　他说，得种桃树，到时候可以吃大蜜桃啊！您瞧，二嘎子多么聪明！

娘子　（在屋中）别说啦，快来编词儿吧！

疯子　赶趟，等我说完最要紧的一段儿。四嫂，我跟二嘎子又研究出来：咱们这儿，还得来个公园。二嘎子提议：把金鱼池改作公园，周围种上树，还有游泳池，修上几座亭子，够多么好啊！

娘子 （出来，换上新衫）别在这儿作梦啦！

四嫂 也不都是梦。谁想到咱们门口会有了马路，会有了干干净净的厕所，会有了自来水？谁能说这儿就不该有个公园呢！

疯子 四嫂言之有理！如此，大妈、四嫂、娘子，我就暂且失陪了！

（以上均用京剧话白的腔调，走入屋中）

四嫂 也难怪孩子们爱他，他可真婆婆妈妈的有个趣儿！

娘子 就别夸他了，跟小孩子一样，越夸越发疯！

〔丁四夹着一身新蓝布裤褂，欢欢喜喜地进来。

丁四 王大妈，娘子，看新衣裳呕！

〔她们都围上来。大妈以手揉布，看布质好坏；娘子看裤子的长短；四嫂看针线细不细。

丁四 （看见了四嫂的新鞋新袜）哼，打下面看哪，还不认识你了呢！

四嫂 别耍骨头！（提着褂子）穿上，看看长短。

丁四 （穿）怎样？

娘子 挺好！挺合身儿！

大妈 就怕呀，一下水得抽一大块！

丁四 大妈！您专会说吉祥话儿！

大妈 不是呀！你们男人要是都会买东西，要我们女人干什么呢？

四嫂 得啦，管它抽多少呢，反正今天先穿个新鲜劲儿！

大妈 别怪我说，那可不是过日子的道理呀！你就该去买布，咱们大伙儿给他缝缝；那，一身能当两身穿！

丁四 可是大妈，您可也有猜不到的事儿。刚才呀，卖衣裳的一张嘴，就要四万五，不打价儿。

娘子　现在买什么都是言无二价。

丁四　我把衣裳撂下，跟他聊天。喝，我撒开了一吹：我买这身儿为的是去开大会；我修的沟，我能不去参加落成典礼吗？我又一说：怎么大夏天的，上边晒得流油，下边踩着黑泥，旁边老沟冒着臭气，苍蝇、蚊子落在身上就叮，臭汗一直流到鞋底子上！我还没说完哪，您猜怎么着，他把衣裳塞在我手里，说：拿去，给我四万块钱！不赔五千，赶明儿你填老沟的时候，把我一块儿埋进去！大妈，您想得到这一招吗？

大妈　哟，那可太便宜了，我也买一身去！

丁四　大妈，您修过沟吗？

大妈　对！我再去修沟就更像样儿了！不理你们了，简直地说不到一块儿！（回去作活）

〔二春襟前挂着红绸条——联络员。头上也扎着绸条，从外跑进来。

二春　四哥，还不快去，你们集合啦！

丁四　我换上裤子就走！（跑进屋去）

大妈　二春快来试试衣裳！（提着花短褂给二春穿）

二春　（试着衣裳）妈，今儿个可热闹了，市长、市委书记还来哪！妈，您去不去呀？

大妈　不去，我看家！

二春　还是这样不是？用不着您看家，待会儿有警察来照应着这条街，去，换上新衣裳去！教市长看看您！

娘子　您就去吧，老太太！龙须沟不会天天有这样的热闹事。

四嫂　您去！我保驾！

大妈　好吧！我去！（入室）

四嫂　戴上您那朵小红石榴花儿！

二春　娘子，四嫂，得预备一下呀，待一会儿还有报馆的人来访问咱
　　　们，也许给咱们照像呢！娘子，人家要问你，对修沟有什么感
　　　想，你说什么？

娘子　什么叫感想啊？

大妈　（在屋门内）你就别赶碌她啦！越赶她越想不起来啦！

二春　感想啊，大概就是有什么想头儿。

　　　〔丁四从屋中跑出来。

丁四　会场上见啦！（跑出去，高兴地唱着"解放区的天……"）

娘子　这么说行不行？一修沟啊，连我的疯爷们都有了事作，我感激
　　　政府！

二春　行！你呢，四嫂？

四嫂　要问我，我就说：政府要老这么作事呀，龙须沟就快成了大花
　　　园啦！可有一样，成了花园，也得让咱们住着！

二春　别看四嫂，还真能说两句儿呢！你放心，沟臭的时候是咱们
　　　住，香的时候也是咱们住！妈！妈！

大妈　别催我！（出来）这样行了吧？（指衣服）

二春　（端详妈妈）行啦！人家要问您，您说什么呀？

大妈　我——

二春　说什么呀？

大妈　沟修好了，我可以接姑奶奶啦！

　　　〔大家哈哈大笑。

二春　您就是这一句呀？

大妈　见了生人，说不出话来！（突然想起）二春，我可不照像，照
　　　一回丢一回魂儿！

二春　妈，您可真会出故典！

娘子　我替您，我不怕丢魂儿，把我照了去，也教各处的人见识见
　　　识，北京城有个程娘子！我又有了个主意，咱们大家伙儿应当
　　　凑点钱，立一块碑，刻上：以前这儿是臭沟，人民政府把它修
　　　成了大道！

二春　这可是好意见，我得告诉赵大爷。咱们得凑钱立这块碑！

四嫂　对！也教后代子孙知道知道。要凑钱，我捐一斤小米儿！

　　　〔远处有腰鼓声。

二春　腰鼓队出来了！咱们走吧！

　　　〔二嘎子手执小红旗子飞跑而来。

二嘎　报！赵队长爷爷到！摆队相迎！

　　　〔赵老穿着新衣，胸前佩红绸条，昂然地进来。

二春　瞧赵大爷哟！简直像总指挥！

赵老　（笑）小丫头片子！

二春　赵大爷，您可得预备好了哟，新闻记者一定会访问您！

赵老　还用你嘱咐，前三天我就预备好喽！

二春　好，我当记者：（摹拟）您对修沟有什么感想？

赵老　简单地说，还是详细地说？

二春　（摹拟）请简单地说吧！

赵老　这叫五福临门！

二春　哪五福呢？

赵老　我们的门前修了暗沟，院后要填平老明沟，一福。前前后后都

修上大马路，二福。我们有了自来水，三福。将来，这里成了手工业区，大家有活作，有饭吃，四福。赶明儿个金鱼池改为公园，作完了活儿有个散逛散逛的地方，五福！

二春
四嫂
娘子　（与赵老同时）五福！
大妈

〔附近邻居，都像院里人一样，换了新衣服，去开会。正经过大门口。一位警察跑进门来，招呼大家。群众有的等在大门外，也有走进院里来的。

〔远处军乐声，腰鼓声。

警察　开会去喽！快到时候啦！

〔大妈返身要锁自己的房门，四嫂、娘子赶去拦大妈。正拉着她要往外走，疯子由屋中跑出，手里拿着竹板。

疯子　诸位别忙，先等等儿，我这儿编出来个新词儿，先给你们唱唱试试！

众人　赞成！唱，唱！

疯子　听着啊——给诸位，道大喜，人民政府了不起！了不起，修臭沟，上手儿先给咱们穷人修。请诸位，想周全，东单、西四、鼓楼前；还有那，先农坛、五坛八庙、颐和园；要讲修，都得修，为什么先管龙须沟？都只为，这儿脏，这儿臭，政府看着心里真难受！好政府，爱穷人，教咱们干干净净大翻身。修了沟，又修路，好教咱们挺着腰板儿迈大步；迈大步，笑嘻嘻，劳动人民努力又心齐。齐努力，多作工，国泰民安享太平！

众人 （跟疯子齐声喊）享太平！

〔外边，远处近处都是一片欢呼声："毛主席万岁！"

〔大家随着欢呼声音涌出小院，外边会场上的军乐声起，幕在《青年进行曲》声音中徐徐落下。

（全剧终）

红大院

（三幕六场话剧）

人物表

耿兴久——男，六十多岁，党员。退休的老生产工人，街道上的治
　　　　安委员。

吴老头——男，六十多岁。从前作过些勤杂的工作，有点文化，但无
　　　　专长；身体不大好，心里可还有劲儿。

彭　六——男，四十岁左右，三轮车夫，活泼，热情。

彭六嫂——女，四十岁左右，彭六的妻子。实在，肯干，街道上的积
　　　　极分子。

王师傅——男，五十岁，瓦匠。

王大嫂——女，将近五十岁，王师傅的妻。爽直、积极，但缺乏耐
　　　　心。

大牛儿——男，十七岁，王师傅的儿子，中学生。活泼，敢想，敢
　　　　干。

徐师傅——男，四十多岁，木匠。心眼不错，有点爱闹脾气。

徐四嫂——女，二十七八岁，徐师傅的妻。好吃懒做；经过劳动锻
　　　　炼，有了进步。

小　唐——男，二十多岁，琴师。从前散漫，整风后表现得不错。

小唐嫂——女，二十多岁，小唐妻。好花钱，多娇气，整风后有了改
　　　　变。

崔大嫂——女，年过四十。丈夫是汽车司机，常不在家。有六个孩

子，故生活相当窘迫。

崔大妞——女，初中学生，崔大嫂的女儿。

崔二妞——女，小学生，大妞的妹妹，很淘气。

崔小三——男，大妞的弟弟，也淘气。

郑　三——男，三十多岁，修理自行车为业。爽朗，不怕受累。

郑三嫂——女，将近三十岁，郑三的妻，有四个孩子。进步有心，遇事胆
　　　　　小。

郑小二——男，十来岁，郑三嫂四个孩子之一，淘气。

方大妈——女，快六十岁，房东。顽固，落后。

方体兰——女，二十岁，方大妈的女儿。会打字、刻蜡版，略有收
　　　　　入。活泼坦率，常跟妈妈吵嘴。

李敬莲——女，二十多岁，方大妈的内侄媳妇，守寡后寄居方家。有
　　　　　自卑感，经过劳动锻炼，坚强起来。

周二嫂——女，三十岁。还乡劳动，作了干部。

陈所长——男，三十岁，派出所所长。

齐同志——男，二十多岁，合作社的干部，下街卖副食品。

程同志——男，二十多岁，也是合作社的干部。

群　众——若干人，有男有女。

第一幕

时间　一九五八年初夏，星期日上午。

地点　北京某胡同的一个杂院。

〔幕启：一个杂院：北房五间，东西房各三间。还有个小后院，有房四间。院子不大，房屋也不多，但人口不少，显着热闹，故邻居赠以"大院"的称号。只能看见前院：清洁卫生很差，没有花草，只有一株半大的柳树，叶少枝稀，树皮脱落。每家屋外有个小铁炉子，数数炉子即知有几户。

〔北房：方老太太（房东）与女儿方体兰住东边的两间，老太太的内侄媳妇李敬莲住东耳房。小唐夫妇住西边的一大间和西耳房。

〔西房：王师傅（瓦匠）夫妇和儿子大牛儿住两间。徐师傅（木匠）夫妇住一间。两户之间有一道象征性的短木栅——黄河为界，不相往来。

〔东房：彭六夫妇住一间。吴老头住一间。周二嫂住一间——因还乡生产，正要搬走，把屋子让给耿兴久。

〔后院：住两家：老崔是汽车司机，有六个孩子。郑三是修理自行车的，有四个孩子。

〔王大嫂拿着笤帚出屋，彭六嫂拿着笤帚自外边进来。

王大嫂　街门口也扫啦？

彭六嫂　扫啦！

王大嫂　今天该我扫！

彭六嫂　谁扫不一样！

彭六嫂　周二嫂！周二嫂！我给你打行李吧？

周二嫂　（开门出来）不用了，都收拾好啦，就是一个小铺盖卷儿跟一点零七八碎儿；笨重的东西不是叫老周先带下去了嘛。

彭六嫂　我帮你抬出那个床去！

周二嫂　床，不要啦，就送给耿大爷吧。乡下有炕呀。

彭六嫂　唉！咱们住一块儿住了这几年，真舍不得你！

周二嫂　谁说不是呢！这两天啦，我的眼睛老那么热辣辣的！可是，乡下的劳动力不够，咱们哪能够老在城里游手好闲地泡着呀！响应政府的号召，咱们不能走到后头！

〔徐师傅出来。

彭六嫂　你说的对，二嫂！（对徐）作活儿去？徐师傅！

徐师傅　是呀！哼！天天老是你扫院子，我心里真过意不去！瞧我那口子，横草不动，竖草不拿，活活气死人！周二嫂，求你点事！

周二嫂　说吧，徐师傅！

徐师傅　下乡之后啊，别忘了我们！农忙的时候，叫她（指自己的屋子）去义务劳动劳动！你看见没有？到这时候还不起，我得到街上去吃点东西！我呀，心里烦透了！烦透了！

周二嫂　慢慢来，别着急！

徐师傅　二嫂，你就行行好吧！我不送你啦，一路平安！（向彭六

154

嫂）六哥送二嫂去呀？

彭六嫂　对！他准把二嫂送到家！

徐师傅　好在过了昌平就到，都是大马路。再见，二嫂！（下）

〔王师傅开门看了看，见徐师傅出去，才出屋门，走过来。

王师傅　二嫂，我去干活儿，不送你啦！

王大嫂　（对王师傅）你走吧，我帮二嫂收拾东西！

王师傅　二嫂，进城来，到这儿坐会儿呀！再见了！（下）

王大嫂　唉，瞧见没有？让那个老婆（指徐屋）闹的，老头子跟老徐
　　　　不过话，我也跟她（再指）说不来！

周二嫂　倒真是不容易跟她说得来！

王大嫂　可也不能那么说，有人还夸她呢，说她有福气！都该狠狠地
　　　　批评！二嫂，这个院里呀；还就是咱们俩说得来，你这么一
　　　　走啊，我心里真怪不好受的！

周二嫂　我走后，耿大爷一搬来，我看这个院子准得变个样儿！

王大嫂　我跟你的看法一样，耿大爷准有办法！你看人家六嫂一天笤
　　　　帚不离手，可是架不住她一个人管卫生，倒有十个人遭害，
　　　　到几儿才能干净呢！街道上都叫我积极分子，可是人家一问
　　　　我住在几号啊，我就臊得慌！我一说住在三号，人家把嘴那
　　　　么一撇：嗷，落后大院呀！我的脸往哪儿放啊！

周二嫂　我看哪，耿大爷虽然嘴里说：他一个人住八号的那两间屋子
　　　　太多了；可是我猜呀，他搬到这儿来，必定另有打算。他是
　　　　老党员，一定不肯老叫这条胡词里有个落后大院！

王大嫂　二嫂，你猜的对！六嫂，二嫂走后啊，咱们俩帮着耿大爷，
　　　　他怎么说，咱们怎么办，非摘了落后的帽子不可！这个院子

里，你鼓着，我瘪着，我简直地住不下去了，非改个样儿不行！

〔徐四嫂没梳头，没洗脸地出来。王大嫂低头走到自己的屋门外。彭六嫂照旧扫地。

徐四嫂　六嫂，今儿个又扫地哪？谁搭你的情啊！

彭六嫂　（直起腰）我，我就是闲不住！

徐四嫂　（走向周二嫂）干嫂，你今儿个就走吗？干吗不多住两天呢？乡下有什么甜头啊？

周二嫂　劳动光荣啊，四嫂！

徐四嫂　真的呀！我要是你，我就不走！在城里，有钱没钱的，到百货大楼去串串，心里也痛快！我一上那儿呀，楼上楼下都串到了，一个子甭花，白逛三个钟头！多有趣儿！二嫂，你有零钱没有？

周二嫂　干吗？

徐四嫂　借给我五毛，我买点心去。我呀，就是大肚儿汉，早晨吃四个油饼，外加半斤切糕，还不怎么顶事呢！可也别说，这也许就是造化！

周二嫂　你呀，四嫂，还该着我八毛没还呢！（要掏钱）

王大嫂　（卖嚷嚷）有钱打了水漂儿，也不借给懒人！

徐四嫂　（还击）人家爱借给我，跟谁都不相干！狗拿耗子，多管闲事！

周二嫂　徐四嫂，我这就要走了，送给你两句好话：徐师傅一月进八十多块，你可还到处借钱，你真对不起他呀！哟！四嫂！看看你的袜子，那么大的大窟窿，就不补一补吗？

156

徐四嫂　（看脚）哟！你看，这个窟窿还真是头号的呢！等着吧，等
　　　　有了钱，到东安市场买半打新的！

彭六嫂　四嫂，你脱下来，我教你补补。

王大嫂　六嫂，伺候不着！你太老实了！

徐四嫂　我也没求谁呀！我爱穿有窟窿的袜子，脚鸭儿舒服，谁也管
　　　　不着！都没长着坐汽车的屁股，美什么呀！

王大嫂　美什么？我不馋不懒，不借钱！我天天扫院子，可有人没动
　　　　过手！

　　　　〔彭六出来。

彭　六　别吵！别吵！四嫂，告诉你：我们三轮工人正整风不久，咱
　　　　们街道上也得整风。四嫂，你应当先好好地想想，作个准
　　　　备，别招大伙儿给你贴大字报！

徐四嫂　我的钱，爱怎么花怎么花，谁也管不着！（可也有点怕，搭
　　　　讪着走向小唐的屋子，在屋外）小唐嫂！我替你买点心去呀？

王大嫂　哼！（入室）

小唐嫂　（开一点门）给我买五毛钱的，剩下的借给你。（递一块钱）
　　　　甭跟他们捣乱，咱们吃得起，花得起！（关门）

徐四嫂　这话说得对！（大摇大摆，挥着钱票，扭出去）

彭　六　（看看徐）哈哈，有个意思！（对周）二嫂，收拾好没有？
　　　　咱们走吧？

周二嫂　等等耿大爷吧！

彭　六　也好！

周二嫂　八号那些人，准保舍不得耿大爷！

彭　六　那还用说！（到吴老头门外）吴大爷，您今儿个好点儿没

有？

吴老头　（在屋内）我今天很好！（出来）你去送二嫂呀？拉稳着
　　　　点，别忙！

彭　六　您不吃点什么呀？我那儿还有点小米粥，挺热的！

吴老头　不想吃！（对周）二嫂，在一块儿住这么久，你跟六爷、六
　　　　嫂老照应着我，我谢谢你们！

周二嫂　谢什么呀！您老人家没儿没女，又病病歪歪的，还能不照顾
　　　　您吗？

吴老头　唉！二嫂，身上没劲儿呀，心里可还不服气！看看报上，天
　　　　天有自古以来没听说过的事儿！我恨不能一下子飞出去，给
　　　　大伙添一把力气，可是……哼，一点用处也没有啦，月月干
　　　　拿政府的补助，对不起毛主席呀！

周二嫂　岁数不饶人，可有什么办法呢！

彭六嫂　吴大爷，我给您收拾收拾屋子吧。

吴老头　就劳你的驾吧，六嫂！（彭六嫂入吴室）

彭　六　（对周）二嫂，我听你的话儿啦，我去看看耿大爷！（下）

　　　　〔郑三推着自行车由后院走来，他的男孩郑小二在后面跟
　　　　着。

郑小二　爸爸你不管吗？崔家小三又打了我一拳。

郑　三　都好好地玩嘛！别吵啦！

郑小二　不行！我非打他一拳不可！

　　　　〔崔大嫂赶来。

崔大嫂　小二，你这么点的孩子，就说瞎话！没出息！要不是你先骂
　　　　我们小三，他就会打你啦？你说！

郑　三　大嫂，那么小个院子，可有十个孩子，怎能不你碰了我，我挤了你呢？孩子都是孩子，咱们大人就别往里搀合啦！

崔大嫂　你倒说得好，郑三爷！孩子大人都一样，总得讲个理！

〔郑三嫂赶来。

郑三嫂　要那么说呀，我就说你们小三没理！

郑　三　（对妻）你少说话吧！这是干什么呢？

崔大嫂　你问你们小二，是不是他先打我们小三一拳？

郑三嫂　你没瞧见，你们小三先打我们小二的！

吴老头　都少说一句吧！（崔、郑等都向他走去）

〔方体兰探出头来。

方体兰　大星期天的，我抓工夫看点书，都别吵啦！大嫂们！（回去）

〔小唐探出头来。

小　唐　你们吵、吵、吵！把房子吵塌了！你们成心不让别人睡会儿觉！

〔徐四嫂托着大小油饼，提着小脆油圈进来。谁也不理，昂然向小唐走去。

徐四嫂　给你，小唐！（递一分给唐，唐接过去）

小　唐　这一院子都是纸糊的马，大嗓门。（回去）

〔徐四嫂往自己屋走，小二跟过去。

郑三嫂　小二，回来，你几辈子没见过油饼啊？

〔崔小三从后院跑来。

崔小三　小二，小二，瞧这个大水牛儿！好大个儿！

郑小二　是吗？我瞧瞧，（凑到一块儿，齐唱）水牛儿、水牛儿、先出犄角，后出头哩……（同回后院）

郑　三　看，孩子嘛，就是这么一会儿香，一会儿臭的，你们（指郑、崔二妇人）着什么急呢？（对周）你一路平安吧！周二哥的车子要是坏了，我去给收拾，就手儿看看乡下，你问他好吧！（下）

崔大嫂　（叹）唉！

郑三嫂　唉！

周二嫂　就都别着急吧！一着急就发脾气，拌嘴，合不着哇！

崔大嫂　是呀，叫孩子们闹的呀！我简直不知道怎样才好啦！

郑三嫂　还就是发发脾气心里痛快点！

崔大嫂　周二嫂你算行啦，到乡下又种高粱又种玉米的！你看我，连开个会儿都出不去。一出去呀，人在外边，心在家里。

郑三嫂　谁不是那样呀，街上敲锣打鼓闹翻了天，什么我也不知道！

〔李敬莲从屋里出来，收拾得干干净净的。

李敬莲　崔大嫂、郑三嫂，你们还抱怨什么呢？儿女成群，过不了几年就一个接着一个都长起来，作干部的作干部，当工人的当工人，你们的指望有多大呀！

崔大嫂　你别给我们宽心丸儿吃了，敬莲！可是这话也有点理！孩子都长大了，我们就行了！

郑三嫂　我就说你们的大姑娘真有出息，崔大嫂！

崔大嫂　我就说连你们的小二将来也错不了！

李敬莲　可是我呢，一来没本事，二来姑妈一把死拿，不准我出去，说我是小寡妇，不应当出头露面！

彭六嫂　（出来。拿着吴老头的脏衣服）敬莲，你有该洗的没有？交我一块洗吧！

李敬莲　没有，六嫂，你老这么心疼我！

吴老头　六嫂，放下！今天我能自己洗！

彭六嫂　（不放下）我顺手就洗啦！（入室）

李敬莲　周二嫂，我真想跟你去，看看乡下什么样！

周二嫂　等我下乡安置好了，有空我来接你！

李敬莲　那敢情好！

　　　　〔徐四嫂吃完了早点，把托油饼的纸随便扔到王家这边来。王大嫂恰好出来看火，一声没出，拾起油纸扔回去。

王大嫂　这是什么德行啊！我不跟你费话，大伙儿来评评理吧！

　　　　〔崔大嫂、郑三嫂、李敬莲、周二嫂都过来。

崔大嫂　又怎么啦？

王大嫂　崔大嫂，你听着！我给咱们这条胡同作了不少事，可见我不是不会团结人。可是，有骑着我脖子拉屎的我要管教管教她！

徐四嫂　你也配！一天到晚老说别人不行，就显了你啦！（作要扑过去状）

郑三嫂　徐四嫂，你敢！

徐四嫂　我怎么不敢？她的爷们在外面欺负我的爷们，她反倒说是我拉老婆舌头拉的！她屋里两个灯，我屋里一盏，她占了大家伙的便宜，还映着脸装好人儿！

王大嫂　我的两盏都是十五烛的，你的一盏四十烛！你，你这个懒娘们，我不在家，你就过来偷煤球！

徐四嫂　听见没有哇？我偷煤球？我要是不丢东西还不安这道栅子呢！

〔众妇女一齐说话，谁也听不出谁说什么。彭六扛着铺盖，耿兴久提着一筐子东西进来。彭六把铺盖卷放在周的门外。大牛儿出来往屋里拉妈妈，妈妈不肯退却。彭六嫂出来，看李敬莲害怕，把她拉开，而后把那块纸拾起来，立在战场中间。耿看着战场。

彭六嫂　四嫂，这就是你的不对！

彭　六　（过来）大嫂们，你们就不怕人家笑话吗？耿大爷刚进门，嘿！就让他老人家看这个吗？

〔众妇人静下去。大牛儿把妈拉进去，妈妈有点不大好意思。大牛儿又跑出来，叫："耿爷爷！"崔大嫂、郑三嫂、周二嫂、李敬莲赶紧跑过来，招呼耿。徐四嫂进屋中。彭六嫂过去，接耿的筐子。

耿兴久　六嫂，劳驾啦，你呀，真实在！

吴老头　（在她们吵架的时候，始终低头呆坐，似有无限痛苦，听见耿进来，才抬头起立）老哥哥，你可来啦，简直的吵死人哪！可怎么办呢？

耿兴久　慢慢来，别着急！你怎么样啊？好点吧？

吴老头　好点！就盼着你来，多跟你聊聊啊！我身体不大好啊，心里可还有股子劲！

耿兴久　那好嘛！我看这儿有许多事该作呢！

崔大嫂　您搬过来，可别嫌吵啊，我们的孩子多！

耿兴久　哪儿的话呢，孩子多才兴旺啊！

郑三嫂　我们这儿大人也不安静，耿大爷！

耿兴久　那也没关系！当了一辈子工人，老在机器当中转，听惯叮叮当当的了。

大牛儿　耿爷爷，还有东西么？我去拿。

耿兴久　好哇！多跑几回，一回少拿点！

大牛儿　好咧！（跑下）

耿兴久　周二嫂，叫你受等！八号的人拉不断扯不断地跟我说话，我来晚了点。你该走了吧？

周二嫂　该走了！要不是您啊，我还想在这住下去，不肯还乡呢！我谢谢您！自从您退休回来这几个月，您给这条胡同作了多少事啊！

耿兴久　多少事？（往四下里看了看）做得很少啊！

　　　　〔彭六嫂拉了丈夫一下，同入周室去搬行李，搬着往外走。

周二嫂　都不送，都不送，王大嫂、体兰，我走啦！

　　　　〔王大嫂借机会走出来。方体兰也跑出来。

王大嫂　我送送你！耿大爷，可真叫您见笑啊，我还是没有学习好！

耿兴久　以后咱们多谈谈吧。

方体兰　耿大爷，欢迎您来！二嫂，也欢迎你常来看看我们！我妈妈有什么得罪你的地方，别老记着！

周二嫂　老太太出去啦？你替我说一声吧！（往外走，大家一个不剩都往外送。徐四嫂也出来，但不好意思走过去，立在了门口。小唐夫妇都打扮的很漂亮出来）

小唐嫂　四嫂，你行！就得那么治她们！（锁门）

徐四嫂　看她们还敢小看我不敢！你们上哪儿呀？

163

小唐嫂　看早场电影去！

徐四嫂　你们多么抖啊！五彩的吧？我就爱看带颜色的！我说小唐嫂，耿大爷搬进来了。他不会……刚才他正赶上热闹，可也没说什么！

小唐嫂　他干他的，咱们干咱们的，谁也管不着谁！我是地道的北京人，谁也没法动员我还乡！一个回家去榜大地的，全院子都送出去，邪门儿！

小　唐　房子不好找；要不然，我要是还在这儿住，算我缺德！

小唐嫂　你多听着点，四嫂，有人说我不好，告诉我，你瞧瞧我的！

小　唐　快走吧，别聊啦！

小唐嫂　有的是三轮儿，晚不了！（同唐下）

徐四嫂　（看着他们的背影，非常美慕）唉！看看人家！（走回屋里）

　　　〔崔二妞在后边喊：一——二！她和崔小三、郑小二跑出来。俩男孩超过她去，直奔柳树，往上爬。

崔小三
郑小二　二妞，二妞，上不来哟，羞！羞！羞！

崔二妞　（站在树下）我才不上这棵破树！我去爬墙！（开始爬墙）

　　　〔大家回来，各奔屋中。彭六嫂马上在门外洗衣服。

崔小三　（等妈妈走过去后）耿爷爷！

郑小二　耿爷爷！

耿兴久　（故意地）在哪儿哪？

郑小二
崔小三　在这儿哪！比谁都高！

崔二妞　（骑在墙头）耿爷爷，我也不矮！

耿兴久　好啊！好啊！看我这老胳臂老腿的，就上不了那么高！哼，连我这个网篮搬着都费劲！

崔小三

郑小二　耿爷爷，我们给你搬！（急忙下树）

耿兴久　你们行吗？不行吧！

郑小二　爷爷，你摸，摸摸我的胳臂！

崔小三　爷爷，先摸我的，我比小二棒！

耿兴久　（都摸摸）嗯！嗯！都怪硬棒的！

郑小二　小三，来，搬！

耿兴久　还是我自己搬吧！你们不行！

崔小三　我们行！（掏）爷爷，送给你这个水牛儿，还不叫我搬吗？

耿兴久　好吧，搬吧！你留着水牛儿吧，我这么大的老头子，好像不好意思玩水牛了！

崔二妞　（从墙头下来）我也搬！（同男孩搬东西入室）

耿兴久　先放在屋里吧。

　　　　〔三孩子一同出来。

崔二妞　爷爷，还干什么？

耿兴久　（往柳树那边去）来，告诉告诉我，这是棵什么树呀？

众　孩　柳树！

耿兴久　长的怪呀！真怪呀！怎么没有树皮呢？

崔二妞　从前有皮！

耿兴久　后来哪去了呢？

众　孩　那……

耿兴久　啊，跟我孙子孙女他们那棵树差不多！有一回，我去看他们，看见了那棵树，我问他们：人家都搞绿化，咱们怎么搞秃化呢？

众　孩　秃化？秃化？

耿兴久　啊！树身上没皮，枝上没有几个叶子，还不是秃化？

郑小二　后来怎么样啦？

耿兴久　他们就编了两句快板，什么"小淘气，爱乱反，树上没皮人没脸"！就不再上树了！

崔二妞　爷爷，我可没上树！

耿兴久　是啊，你骑在墙头上！哎呀，人要没有皮，也不知活得了活不了？

郑小二　哪儿有没皮的人呢！

耿兴久　我看，咱们也得给没皮的柳树想想办法，没有皮多可怜啊！

崔二妞　小二，小三，从此咱们谁也不再爬树！

耿兴久　大伙儿定个公约，怎么样？

崔小三　对！写上爬树的是大王八！

耿兴久　那像话吗？这么办，后院哪个孩子最大？

崔二妞　我的大姐！

耿兴久　你们三个找大姐商量商量去，成立一个绿化组，再成立一个小图书馆。先搞咱们的院子，然后发展到全胡同去。我说，（叫）王大嫂！

王大嫂　来喽！（出来）我都听见了！您真有主意！

耿兴久　王大嫂，你来帮个忙，怎么样？

崔二妞　叫树长出多多的叶子，叫院里成个公园，再把小人书什么的都凑到一块儿，开小图书馆，那敢情好！

耿兴久　详细的办法，跟大姐商量商量去。让我看看手。（众孩伸手，又缩回去）每天早晨要受大妈的检查，手、耳朵、头发……咱们再成立个卫生组；每一家屋子里都受你们的检查，干净不干净都给记上分儿。好的五分、四分；中溜儿的三分；坏的两分、一分、没分……

崔二妞　徐四婶准保没分儿！

郑小二　小唐婶得一分就不错！

〔门外有卖花声。

耿兴久　大嫂，带他们去买点便宜的草花儿，我拿一块钱吧！叫孩子们挑，叫孩子们种，叫孩子们管！

王大嫂　好，我也拿两毛！走啊！

众　孩　（飞跑）卖花的！卖花的！（同王下）

〔徐四嫂闻声要跟出去，又站在门口。大牛儿拿着些东西回来。

耿兴久　先放在外边吧，来齐了再收拾。

大牛儿　对！我再去拿。

耿兴久　大牛儿，你爸爸跟徐师傅说不来，是吧？

大牛儿　是呀，都因为（看见徐四嫂，住口）……

耿兴久　想想办法吧？

大牛儿　您看看那个栅子！两国交兵，黄河为界，多么可笑啊！（指两家之间的"障碍物"，笑了笑，往外走）

耿兴久　好，你去吧！（走过去）徐四嫂，你好哇？

徐四嫂　（受宠若惊）好哇！您好？八号院子大，房子宽，你搬到这儿来干吗呀？

耿兴久　一个老头子住两间房子干吗？咱们都得节约呀！我说四嫂，这个小木栅作得可真秀气！

徐四嫂　是呀，老徐作的！

耿兴久　徐师傅的手艺呀？叫他也给我作一个！

徐四嫂　哟，干什么用啊？

耿兴久　你说呢？

徐四嫂　喝，您会绕着弯儿说话呀！

耿兴久　不，我一辈子不绕着弯儿说话！咱们既住一块儿，都要有什么说什么，对不对？

徐四嫂　哎！大家伙儿要都像您似的，管保就太平啦！

耿兴久　彼此帮忙吧！你跟小唐嫂很好，是吧！

徐四嫂　是呀！小唐一月拿一百多，又没老的，又没小的，可舒服啦！您不反对他们吧？

耿兴久　我反对他们干吗？你跟他们好，你又比小唐嫂年纪大，你要是肯劝劝他们，节省一点，他们必定肯听！

徐四嫂　耿大爷，您可真好，还给我任务呢！

耿兴久　大家都好，不才是最好吗？

〔方老太太提着鱼、肉等，老气横秋地走进来，自言自语而声音很大。

方大妈　这可是新事儿，这院里会有人肯出钱买花了！（看见耿兴久）啊，怪不得呢，耿大爷搬来了！耿大爷！

耿兴久　方大妈！

方大妈　不是我拦您的高兴，乘早儿甭花钱不讨好！

耿兴久　怎么啦？

方大妈　当初，有我老伴儿活着的时候啊，这院里全是花儿，打老远
　　　　就闻见香味儿！他一死，租了街坊，就不是那么一回事了。
　　　　你种什么，孩子们给你拔什么，我不再惹那个气！

耿兴久　那，我试试——

方大妈　您看，现在呀，当房东不好当啊！

耿兴久　老太太，这房子有几年没修了吧？

方大妈　（装糊涂）啊？

〔徐四嫂过来，呆呆地看着鱼、肉。

方体兰　（出来）说了半天，您还没欢迎耿大爷哪！

方大妈　哎，谁给房钱，我都欢迎！（笑）

方体兰　妈，这像话吗？

方大妈　少说话吧，你参加了整风，交了心，看你美的，老看不起亲
　　　　妈妈！

耿兴久　老太太，这是我这个月的房钱！

方大妈　您先搁着吧！忙什么呀！耿大爷，今儿我请您吃午饭！

徐四嫂　您这条鱼多么大呀！够四五个人吃的！

方大妈　够十个人吃的也不会请你，你放心吧！（进屋）

徐四嫂　哼，你请我，我还不来呢！（回屋）

〔王大嫂领着孩子们进来，每人都捧着些花，指甲草、夜来
香……等草花。

崔二妞　耿爷爷！看哪！看哪！

耿兴久　哎呀，可真不少啊！还这么漂亮！（蹲下，孩子们也蹲下）好
　　　　哇！瞧这一棵，够多么体面！孩子们，我只提一个意见。

郑小二　说吧，爷爷！

169

耿兴久　就把这一棵最体面的，种在小盆里，给吴爷爷。他身体不好，摆上一盆花，他心里必然痛快点！

众　孩　赞成！赞成！

耿兴久　其余的，由你们决定。你们先拿到后院，叫妈妈们看看，然后再开个会，讨论讨论都种在哪儿，以后怎么管理。

王大嫂　您是有主意的人，可是孩子到底是孩子呀！

耿兴久　你试试看，大嫂，看他们行不行！孩子们，你们去吧，去吧！把这一棵留下。咱们的绿化工作开始啦！（孩子们向后院走去）王大嫂，告诉你一句话。

王大嫂　您说吧！

耿兴久　您应该先解开心里那个疙疸，别以为上赶着去团结人，划不来！

王大嫂　您是说，我跟她？（指徐屋）

耿兴久　是呀！

王大嫂　耿大爷，您不知道这人难办！

耿兴久　难不是也得办吗？

王大嫂　得了，我把这个给吴大爷送去。（端花盆儿下）

〔大牛儿又拿着些东西回来。

大牛儿　耿爷爷，有人找您，叫您去开会！

耿兴久　谁？开什么会？

大牛儿　我不认识，大概是新来的下放干部。他说，他来帮助街道整风。

耿兴久　说来就来了！街道整风！这就要开始，好！（健步如飞，走出去）

〔王大嫂从吴室出来。

大牛儿　妈，要整风了！

王大嫂　这下子可好啦！

（幕落）

第二幕

第一场

时间　前幕后数日，清早。

地点　同前。

〔幕启：整风已经开始了好几天。李敬莲和彭六嫂在树下谈心。

彭六嫂　敬莲，你瞧这字对吗？昨儿刚学的，今儿就都写不上来了！

李敬莲　对！对！你真行！

彭六嫂　还行哪？我的记性甭提多坏了！

李敬莲　再考你一个字。（在地下写"党"字）

彭六嫂　党。

李敬莲　对了，党！我跟你谈点事。

彭六嫂　好。

李敬莲　六嫂，党和政府决定整风，真好！让大家伙儿脑筋活动开了，眼睛也亮了。

彭六嫂　可不是。我从前就知道解放了，日子好过了，得为大家做点儿事。可是怎么做呢？想不出个道儿来，就知道傻干。看到大家乱吵，不团结，心里光不舒服，可不知道怎么办。这一整风，我明白了好些事，大家好比都通了气儿，谁有什么就说什么，把陈谷子烂芝麻都抖露出来，心里也就不再存着疙瘩了。

李敬莲　我自己知道的事太少了，姑妈管的紧，不让我出去。这回整风，因为姑妈自己不去开会，叫我去，这一下，我可开了眼啦。

彭六嫂　开会真有用，借这个机会你也学习学习。

李敬莲　六嫂，你平常不声不语的，这回你带头给合作社的售货员提了好些意见，说的可清楚啦。大伙儿一听就没了顾虑，也跟着说开了。

彭六嫂　有什么说什么，才能改进工作。

李敬莲　六嫂，你给徐四嫂、小唐嫂也提了意见，整天磕头碰脸的，我还真怕你得罪人呢！

彭六嫂　那也是为了她们好，叫大家和睦。也许现下想不通，过后她们会明白的。

李敬莲　六嫂，我纳闷你怎么一下子就变得那么会说话了，说的又是那么有情有理。

彭六嫂　我跟你六哥在旧社会里，都是受苦的人，一肚子委屈没有地方说去。这会儿可不那样了：党号召咱们把心里话都说出来！敬莲，谁心里能没有话呢？这不是会不会说，是肯不肯说。

李敬莲　可是我心里的话，一直就不敢说。昨天在会上鼓了半天劲儿，还是没说出来！

彭六嫂　你应当说！只要是有道理的事儿，党和政府会给你作主。

李敬莲　这个我相信。可是我还三心二意地说不出来……

彭六嫂　大着点胆！你下乡参加劳动的事，昨儿晚上跟你姑妈说了没有？

李敬莲　我，我跟体兰说了。我们俩谈到大半夜，她倒是挺同意的，我就怕姑妈不答应。六嫂，我下乡劳动准能行，我从小儿就干活，劳动惯了。

彭六嫂　是啊，劳动是光荣的，也不是坏事情，为什么不敢跟你姑妈说呢？

李敬莲　为了我的事，街道上给姑妈已经贴了好几张大字报，她心里正不痛快呢，我要是自己再跟她一说，那不是火上加油吗？

彭六嫂　你这样前怕狼后怕虎的，可不成啊！你自己要不冲过这一关，别人想帮忙，也没办法帮呀。敬莲，你这么年轻，又有点文化，应该出去给大伙儿做点事儿。难道你一辈子就这样呆下去啦？！

李敬莲　我听你的话，我一定要下乡参加义务劳动去，将来也好在街道上做点工作。

彭六嫂　好，那你就跟你姑妈说去吧，今儿个报名就截止啦。

李敬莲　我就找体兰帮我说吧。

彭六嫂　好，你就找她去吧，她在整风办公室整理材料呢，快去吧！

李敬莲　好！（匆匆走出）

大牛儿　（自屋里出）妈……

　　　　〔王大嫂未应。

彭六嫂　大牛儿，你妈怎么样？

大牛儿　昨儿晚上开完会回来，一夜没睡着。我知道，我在那儿替派

174

出所抄材料，听见她翻腾来翻腾去的；今天一早儿起来就找

耿大爷去了。

彭六嫂　昨儿会上大伙儿给她提了点意见，你妈是个好强的人，心里

有点解不开，找耿大爷谈谈也好。

大牛儿　妈！妈！

〔王大嫂自耿大爷屋出，气冲冲的。

王大嫂　干什么呀！叫魂似的！

大牛儿　粥熬得了，您喝点吧！

王大嫂　我不喝！

〔耿大爷随着出来。

耿兴久　你先去照顾他们爷儿俩，回头咱们再谈。你呀，为大伙儿做

了不少事情，大伙儿也不是没看见，昨天会上不也提了吗？

不光是批评啊！整风不就是对咱们每一个人进行一次教育，

好让每一个人都有长进吗？

王大嫂　您的话我都明白，可是心里老觉乎着怪委屈的。您说我不能

上赶着找她呀，昨儿我叫她开会，她拿眼斜楞着我，理都不

理，扭头就走了，您说叫我怎么办？

彭六嫂　大嫂，咱们都是积极分子，总得起个带头作用。人家说咱们

院里不团结，也不是说你一个人，不是给她们也提了意见，

贴了大字报吗？为搞好团结，你得主动着点。

王大嫂　我，我知道我不如你，没有耐心，做点事总想让人家先夸两

句，嘴上又不饶人。我这些毛病我都明白。可是……

耿兴久　大嫂，我还是那句话，为大伙办事得往大处看。一大清早起

的，先把个人家里事打发了再说吧。王大嫂，一会儿不还得

去开会吗？一夜没睡好，也该吃点什么。

〔王大嫂向自己屋走。

彭六嫂　耿大爷……

耿兴久　不要紧的，六嫂！王大嫂是动了心！

〔吴老头从屋里出来，手中拿着一个牌子。

吴老头　六嫂，你看行不行？

彭六嫂　行，行，谢谢您！

耿兴久　什么呀？

彭六嫂　（笑着把牌子藏在身后）您甭管了，给六爷写的。（向屋内）给你预备好了，出来吧！

彭　六　（出来，接牌）好啊，这玩艺儿！

耿兴久　彭六，这到底是什么呀？

彭　六　她给我预备的识字牌。这几个字常见，"社——会——主——义"对不？你这是老让我记着"社会主义"。嗯，对了，多喒刮大风，下大雨，我一多跟人家要钱，……多喒不帮助人民警察指挥交通……多喒不帮助老人、小孩、眼睛不好的人过马路……我就对不起"社会主义"！

彭六嫂　（与他同说）社会主义！

〔崔二妞、郑小二、崔小三上。

崔二妞、小二、小三　耿爷爷，我们浇完后院的花了。

耿兴久　好孩子。快去叫大妈检查检查。

〔孩子们叫王大嫂检查他们的手，王大嫂夸了他们，他们高兴的回去了。

〔郑三嫂上，拿着筐子、口袋……什么的。

郑三嫂　（边走边回头说）唉、唉，忘不了。

耿兴久　三嫂，要去买这么些东西，是请客呀？

郑三嫂　哪儿呀！我一块去买两家的东西。我跟崔大嫂说好了，轮流
　　　　着有一个人在家看两家的孩子，带管火，腾出一个人的手来
　　　　也好做点事。要不然，我跟崔大嫂都叫孩子拖的连大门也出
　　　　不去。

吴老头　好，早就该这么办。

郑三嫂　过去总想不通，对别人的孩子总不如对自己孩子上心，也不
　　　　放心把自己孩子交给别人。您猜怎么着，我跟崔大嫂把话一
　　　　说开了，原来以前都是小心眼儿。得，我得走了。（大妞嘟
　　　　嘟着嘴上）怎么了？大妞！

崔大妞　妈叫我给小胖胖买抱龙丸去，我怕上学迟到了……

郑三嫂　要不我给你带回来？

崔大妞　妈说急着要呢！

彭六嫂　这么着吧！让你六叔去吧。你去给买一趟。晚出会儿车不要
　　　　紧，快去快来，别耽误大妞上学。

彭　六　好咧！把钱给我，说话就来。

崔大妞　谢谢您了，六叔！那我上学去了，六婶！

郑三嫂　走吧！（二人下。郑刚走两步又回来）六嫂，劳您驾，一会儿
　　　　郑三回来，让他吃点东西再睡。崔大嫂给他预备呢！劳您驾
　　　　了！

耿兴久　郑三一宵没回来呀？

郑三嫂　活忙，赶任务呢！（下）

小　唐　（在屋内吵）我都要迟到了！我回来再说吧。（出）

小唐嫂 （出）你得说个准日子，到底什么时候去呀？

小　唐 人家这不是跃进哪吗？（将小唐嫂推进屋内，安慰两句。一边披胡琴一边出来）

耿兴久 小唐，今个早班呀！

小　唐 耿大爷，您比我早啊。我们剧团正大跃进。就拿我来说，这一整风，我的思想提高了一丈多。过去，除了角儿，我向来不给别人伴奏。现在，谁叫我帮忙，有求必应，还是规规矩矩，一点不随随便便……

耿兴久 这态度好哇！

小　唐 现在赶着排新戏，反映现实，昨儿晚上我半宵没睡，琢磨了一个新唱腔。您瞧，这新戏就得来点新腔，红花坯得有绿叶陪着不是？

耿兴久 小唐，你是有了进步！可是你得带动带动小唐嫂。

小　唐 咳！甭提了，昨儿晚上我跟她说：人家给你贴了那么多大字报，你也得答复答复呀！您猜她怎么说：没那么大工夫！这刚才，原是说好了的，今儿去逛百货大楼，吃东来顺，我今儿个不是有事吗？不能去啦！她就跟我炸了！没辙！您忙着，我可得走了。（欲走）

耿兴久 （拦住小唐）小唐，帮助别人得有耐心，有空再跟她多谈谈。

小　唐 您说得对，不能着急！我一定抓工夫再对她进行批评。

耿兴久 好，你忙去吧。

小　唐 回见了！（下）

吴老头 （对耿）唉！对了，我得赶紧把昨儿开会的记录整理整理，

好给办事处送去。回头我还有个事儿跟您说呢。（出去）

　　〔陈所长上，与耿大爷招呼，同入耿室。

　　〔齐同志上。

齐同志　彭六嫂，彭六嫂！（六嫂出）这是彭六同志让我给你带来的抱龙丸。（递，彭拿药到后院去）老街坊们！老街坊们！（众妇女从屋里出来）合作社派我给老街坊送副食品来了：油盐酱醋一应俱全，粉条、口蘑任意挑选，请出来瞧瞧吧！

方大妈　（走出）喝，整风倒真管事儿，这透着新鲜哪！

齐同志　不新鲜！追天桥，赶天桥嘛！说来说去，天桥就在北京，我们北京的合作社还不先去赶吗？来吧，瞧瞧吧！

　　〔众妇女拿瓶子、罐子等物。

方大妈　（喊）敬莲！体兰！怎么两个人都不在？这倒好，整风整的黑天白日都不在家了！（走入室内）

　　〔陈所长与耿大爷走出。

耿兴久　（对陈）这倒是个好事。

陈所长　居民在整风里提的意见，能解决的就尽快解决。把那个破庙改成夜校，又不是什么大工程，咱们自己能办，就别找上边了。咱们这院儿里就有木匠、瓦匠。可是他们两家（指徐、王的屋子）有点儿……您看怎么办？

耿兴久　嗯，这呀，正好一举两得！您等等！（叫）王大嫂！王大嫂！你来一下。

王大嫂　什么事呀？耿大爷！哟！陈所长您来了，有事吗？

耿兴久　对了，有个很重要的事儿，非请你来不行。街道上有件事，要请王师傅和徐师傅一块去作，可他们俩……王大嫂，这事可得你去谈谈。

王大嫂　我……

　　　　〔徐师傅屋里吵起来。徐四嫂："你到底给钱不给钱呀？家里什么也没有了，吃什么呀？"徐师傅："我没钱了！你花钱没计划，月月亏，我得月月跟公家借钱，人家给我贴了大字报，我没脸再向工会去借！"甩屋门，走出。

徐四嫂　（跟出）你甩门一走，就算了？养活不起我，你说话，咱们散！

徐师傅　散就散，我要了你，算我倒霉！你的名声臭了一院子，一条街谁不知道你呀！让我在人前没脸扬着头走……

彭六嫂　（回来）四嫂，两口子有什么了不得的事儿，别吵啦！

耿兴久　对！有话好说嘛！这不是陈所长也在这儿，慢慢的说！

　　　　〔徐师傅及徐四嫂同时奔向陈所长，争着要先说。

陈所长　咱们一个一个地说，徐四嫂先说吧。

徐四嫂　陈所长，整风开会，街坊们给我提了意见，说我整天游手好闲，不知省吃俭用，弄得老徐也跟着饥一顿饱一顿的，工作不安心。我听了这话，说的可也对，整天在外头买着吃是太费，我就想起火，也省得连开水都东家找西家寻的。今儿一清早我就把火生上了，我就跟他要点钱，好买下点东西。家里米、面、油盐酱醋，什么也没有哇！这不，这一炉子火眼看着完了，连添火的煤球也没有……你不给我钱，我会变去……

徐师傅　谁叫你把一个月的钱都用光了，到这时候……

徐四嫂　你不给钱，咱们就散……

陈所长　唉唉，还是别吵……

耿兴久　徐四，让我说两句。徐四嫂这回要钱可跟往日不同，她是有想往好里改的意思……（众点头称是）四嫂，老徐过去可也让你拖累的够呛！你既知道要改就好，大伙儿会帮助你……

陈所长　耿大爷的话对，两个人都想往好里去，就会一条心地过日子。

彭六嫂　徐四嫂，你那里缺什么，就先从我这儿拿点，我这儿没有的……王大嫂，你……

王大嫂　啊，……

耿兴久　对了，王大嫂也可以帮帮忙嘛！

王大嫂　噢，对了，大牛儿，把刚才打的酱油什么的，给徐四婶匀过一半去。（大牛儿应声）

徐四嫂　不用，我不跟人借钱，也不跟人借东西，回头又说我占人家的便宜，我背不起……

彭六嫂　四嫂，你这就不对了，你跟王大嫂有些过节，是你有不对的地方，人家王大嫂都不计较了，你还赌哪门子气呢？再说，这有什么大不了的事呢，不值当的！

王大嫂　对了，过去的事就甭提了，一个巴掌拍不响，我也有不好的地方。四嫂，别为咱们这点小事，老让这个大院背个落后不团结的臭名了！大牛儿，给你四婶匀过去。

　　　　〔王师傅在他们说话的时候出来，站在一旁听。

王师傅　四哥，咱们哥儿俩……

徐师傅　王大哥，怪我耳根子软，对不起你们两口子……

徐四嫂　都是我一个不好，你好……

181

彭六嫂　得了，四嫂，难道你还不愿意他们老哥俩讲和吗？走吧，屋里歇会儿去吧！

王大嫂　对。我陪着你。火该添了吧？

徐四嫂　不用，我自己来吧，王大嫂！

　　　　〔六嫂、大嫂一齐往徐四嫂屋里走。

耿兴久　你瞧瞧，这才是一天云雾散！得啦，正好陈所长找你们有事，你们谈谈吧。

王师傅　有用得着我们哥儿俩的地方，您只管说，陈所长！

陈所长　好，那咱们就到办公室去一块研究研究吧。

徐师傅　好，走吧！

耿兴久　我就不陪你们了。

陈所长　回见，耿大爷。（三人下）

　　　　〔吴老头回来。

吴老头　所长您……（望着徐、王二人，然后向耿）他们这是……

耿兴久　（笑着）了啦！

吴老头　啊啊……

　　　　〔王大嫂自徐四嫂屋出。

王大嫂　你们谈会儿吧，我得开会去了。（见耿的脸上像开了花似的笑，往外走）大牛儿，看着点火，别让它灭了。（大牛儿应声）

吴老头　（似乎明白了，看了耿一眼）噢，……她们……（大加赞许）好，好，好！

　　　　〔方体兰、李敬莲手拉手笑着进来，正遇上王大嫂，二人："哟，王大嫂出去呀？"

182

李敬莲
方体兰   耿大爷！吴大爷！

　　　　　　　〔耿、吴看着她们的高兴样子。

吴老头   什么事，这么高兴啊？

　　　　　　　〔李敬莲看着他们笑。

方体兰   耿大爷，敬莲要下乡参加义务劳动，我给她报了名！

耿兴久   好哇，你妈知道吗？

方体兰   还没说呢！

　　　　　　　〔方大妈在屋叫"体兰、敬莲"！二人应声，方大妈出。

吴老头   老哥哥，这一整风，人全兜着底地变了！

方大妈   你们倒好，一大清早连个人影也不见了，家里事都撂着不管
            啦！

方体兰   我们这不是来了吗！（二人入屋内，方大妈也随入）

　　　　　　　〔崔大嫂忽然自内院上。

崔大嫂   王大嫂！彭六嫂！……

耿兴久   怎么啦？

　　　　　　　〔彭六嫂自徐四嫂屋中出。

彭六嫂   什么事，崔大嫂？……

崔大嫂   我那个小胖胖打昨晚上就有点不舒服。今天早起，我给他买
            了抱龙丸，刚才吃下去又全吐了！现在烧的顶高，小脸通
            红，我说抱他到医院去看看吧，三嫂还没回来，家里的事没
            人管！

彭六嫂   要不，我带小胖胖上医院？

崔大嫂   那——

彭六嫂　我看家，你带孩子去，也行。

崔大嫂　我一个人又挂号，又买药的……

耿兴久　我陪你去……

崔大嫂　您这么大岁数……

耿兴久　孩子看病要紧，快去收拾！

彭六嫂　走，我帮你去……（二人下）

耿兴久　（向吴）回头有人找我，你说我一会儿就回来。

　　　　〔吴点头，耿入室内拿衣服。崔大嫂、彭六嫂上。崔大嫂

　　　　叫："耿大爷！"耿兴久说："走吧！"这时郑三推车上。

郑　三　崔大嫂，你们这是干什么去?

崔大嫂　给小胖胖看病去，你回来的正好，快看家去吧，就甭麻烦彭

　　　　六嫂了。

郑　三　谁跟你一块去呀?

崔大嫂　耿大爷跟我去。

耿兴久　郑三，你别管了！你一夜没睡，赶快睡觉去！

郑　三　那……

　　　　〔郑三嫂回来，拿着一大堆东西，程同志扛着东西。

郑三嫂　（一眼看见郑三）哟，你回来了？（对崔大嫂）你们这是干什

　　　　么去?

郑　三　嗷，你回来的正好！你看家，我陪大嫂给小胖胖看病去，耿

　　　　大爷您就甭去了，我骑自行车头里走，雇三轮去。（说着就

　　　　走了）

郑三嫂　嘿！你带着钱哪吗? 想着吃点什么！

崔大嫂　你别管了，三嫂！我这带着钱呢！（下）

184

郑三嫂　郑三这个人，他可真是——

耿兴久　好哇！

郑三嫂　是呀，耿大爷，他真进步啦！

程同志　给您放在哪儿呀？

郑三嫂　哟，我都忘了，在里院。瞧人家合作社的程同志，连三轮都没叫我雇，亲自给我送来了！

程同志　我们是为人民服务，有不周到的地方，您多提意见！（随三嫂下）

彭六嫂　耿大爷，吴大爷，我把您二位的饭还是一块做了吧。

　　　　〔程同志出去。王大嫂精神抖擞地回来。

王大嫂　耿大爷、六嫂，咱们又要搞卫生大扫除了。说干马上就干，这回可要比哪回都彻底！不仅要三洁四无，还要把屋子变的六面光！

耿兴久　这运动来的正是时候！看看大伙在整风以后的劲头吧！

王大嫂　那我就通知各家干起来吧！

耿兴久　别忙，这回咱们改改办法，把大家召集在一起商议商议，看咱们能不能组织起来搞。

吴老头　这个主意可好！

彭六嫂　对了，要搞的好，搞的彻底！像往常那样单干可不行！

王大嫂　那咱们开个全院子的会吧？

耿兴久　对！

彭六嫂　召集人吧！体兰、敬莲、方大妈出来，咱们开个会儿，小唐嫂……

王大嫂　徐四嫂，出来，咱们开个会。（徐四嫂应："就来！"王又向

　　　　　　后院去）

彭六嫂　小唐嫂。

小唐嫂　什么事啊？

彭六嫂　出来咱们开个会儿。

小唐嫂　（开开门）我脑袋疼！

彭六嫂　搬个椅子出来，坐这儿听听来，我替你搬。

小唐嫂　行，还是我来搬吧。

　　　　　〔这时大家已陆续集中，拿来各式各样的小板凳，散坐在院里。

方大妈　什么事呀？你们真有办法，会都开到院子里来了！

王大嫂　这回咱们全市要搞一次大的卫生运动，来一个彻底大扫除……

方大妈　还是搞卫生啊？那就照样弄呗……（要走）

方体兰　妈！

王大嫂　老太太，这回可跟往常不一样，要比哪一回都彻底！

彭六嫂　我说说吧！这回咱们院子里团结了，要把卫生大扫除搞得特别好，咱们要彻底摘掉落后大院的帽子！

　　　　　〔大牛儿、体兰、吴老头、郑三嫂……等一片赞成声。

耿兴久　那咱们就得打破个搞个的、谁也不管谁的做法；咱们得组织起来，组织起来力量大嘛！

王大嫂　耿大爷说的对，大伙赞成不赞成？（众赞成）

方体兰　您说怎么做吧？

耿兴久　大伙出出主意吧！

大牛儿　我说呀，咱们把屋里院里全见见新。咱们有瓦匠，也有木匠，把破窗户烂墙全补上；房里刷白浆；亮堂堂的，瞧着心

186

里也豁亮！

方大妈　那得花多少钱哪？

大牛儿　花不了多少钱，买点大白就行。

耿兴久　大牛儿这个主意想的好。

吴老头　想的彻底！

彭六嫂　那就这么办！咱们大伙儿凑吧，多的多拿，少的少拿，我跟
　　　　彭六拿五毛。

大牛儿　妈？……

王大嫂　我们一家子出五毛。

郑三嫂　我跟崔大嫂一家四毛。

耿兴久　我也拿四毛。

方体兰　（看了看妈）妈……

方大妈　我也出二毛！

方体兰　我跟敬莲一人出五毛。

方大妈　人家都是一家子出，你怎么一人一份？

方体兰　妈，您说您像话吗？人家都那么热心，您一个人可那么不起
　　　　劲儿。您真没钱吗？

方大妈　人家这是在我眼皮底下示威呢，你也跟我干？

耿兴久　老太太，您这可是瞎扯了，大伙是为大伙的事，示什么威？
　　　　都是自觉自愿，你不愿拿，不拿就得了。

方大妈　拿，二毛！

方体兰　您再这么死落后，我跟敬莲都走，剩您一个人！

方大妈　怎么？

耿兴久　得了，你们别吵了！大伙儿办正经事要紧。

徐四嫂　我那个……

彭六嫂　你没钱就不出，不要紧。

小唐嫂　我出六毛，有四嫂二毛。

吴老头　得，钱够了，说不定还有富余，我管收钱记账。还得糊窗
　　　　户……

大牛儿　我管采购，外带着给爸爸打小工。刷浆的活儿，我也包了。

方体兰　大牛儿，咱们一块儿干。

李敬莲　我跟体兰一块儿。

彭六嫂　我跟王大嫂管搬家具、打扫。

徐四嫂　我跟着你们。我的力气大。

郑三嫂　等崔大嫂一回来，我就能腾出手来跟你们一块干。

大牛儿　搬东西的时候，大伙儿一齐动手，还得有个总指挥呢！耿爷爷
　　　　吧！

耿兴久　不，你妈和六嫂，一正一副。堵老鼠洞，我来。

王大嫂　咱们吃完饭就动手吧！

大牛儿　不，说干就干。

方体兰　（兴奋地）说干就干！

　　　　〔这时外面锣鼓喧天，打进院子里来了。大伙都楞了。原来
　　　　是八号下挑战书的。

耿兴久　咱们要搞彻底，保证在十二点以前搞的三洁四无六面光，拿
　　　　这个跟八号挑战！

来　人　你们大院已经团结起来了。我们八号大院来向你们祝贺！

耿兴久　好哇！我们正想找你们挑战呢，我们保证做到三洁四无六面
　　　　光。

来　人　那我们应战。我们保证提前完成，来支援你们！

耿兴久　咱们怎么样？

彭六嫂　我们提前两个钟头完成，去支援他们！

　　　　〔全体鼓掌。

王大嫂　六嫂，你的气魄比我还大了！（众笑）

　　　　〔郑三、崔大嫂上。

郑　二　什么事儿，这么热闹？

郑三嫂　八号跟咱们挑战呢！

郑　三　好哇，干哪！

　　　　〔大家围上来："小胖胖怎样了？"崔大嫂："好啦，大夫
　　　　给打了一针。"

来　人　那我们走了，祝你们胜利！（敲着锣鼓下，众送）

郑三嫂　崔大嫂，你回来啦，还是你管家看孩子，我跟他们一块儿
　　　　干。（同下）

彭六嫂　咱们大伙把各屋里的笤帚、掸子、扫房用的家伙都集中到院里
　　　　来。

郑　三　我干点什么？

耿兴久　你睡觉吧！

郑　三　睡什么呀！

王大嫂　咱们动手吧！来吧！

　　　　〔小唐嫂拿笤帚，带口罩，绸巾包着头出来。

大牛儿　（见小唐嫂的样子，吓了一跳）哟！

　　　　〔大家都笑。

（幕落）

第二场

时间　前场后数日下午。

地点　同前。

　　〔幕启：王大嫂在院内纺石棉线。郑三嫂一手提着一个小白
　　布包，一手拿着一块还未完工的补花桌布，由后院来。

郑三嫂　王大嫂，就剩了你一个人呀？六嫂呢？

王大嫂　六嫂一大早就出城送活儿去了，还没回来。

郑三嫂　昨天拿来的活儿太费事了！我紧赶了一天多，作了还不到一
　　　　半，明天得交齐，我作不出来呀！忙得我呀，连饭都顾不上
　　　　作！王大嫂，剩下的活儿你找别人作吧，别耽误了事！

王大嫂　三嫂，咱们既然一口答应下来，就得给人家赶成了！到期要
　　　　是交不上，下回再去要，人家可就不给啦。六嫂为咱们大伙
　　　　的事，起早睡晚，跑了多少道儿呀！才挂上了钩，咱们就又
　　　　打退堂鼓，不是叫六嫂为难吗？

郑三嫂　你看看，针脚大小错一点都不行，作一会儿眼睛都酸啦，我
　　　　实在干不了！

　　　　〔崔大嫂由后院来，听她们说话。

王大嫂　三嫂啊，你看，我比你岁数大，眼睛不如你的好使，还不是
　　　　照样作吗？咱们既然要参加劳动生产，有什么困难就得克服

着点！

崔大嫂　王大嫂，剥云母皮这个事儿可不容易，它又脆又薄！孩子又多，一不留神，就叫孩子给抓弄碎了！这点剥好了的给你吧，下回我可不再作！

郑三嫂　哼！剥那个呀，费了牛劲，临完还挣不到工夫钱呢！

崔大嫂　是呀！再说，我的手又笨，作的要是不合规格，不又是麻烦吗？

王大嫂　这又麻烦了！上次纺石棉线，你们嫌脏；纳鞋底子，你们嫌累！六嫂这才又找来剥云母皮，她自己先学会，再回来教给你们；可倒好，还没作两天哪，又嫌钱少！三嫂你这个活儿是自己挑的，没作多少可就说费事。你们叫六嫂怎么办呢？当初工作组提出来叫咱们搞生产，你们都是自己答应了的！不管怎样，明天一早一定得交活！

崔二妞　（上）妈，小胖胖醒啦，快去吧！

崔大嫂　我知道啦！我这儿有事！

郑三嫂　反正我作不了，误了活我可不管！（下）

崔大嫂　六嫂回来您给说说吧，实在是孩子多……

崔二妞　走吧，看小胖胖去！（同下）

王大嫂　（望着她们俩）嘻（打开云母片包看）哟！这那行啊，全不对头啊！（站起来要找她们去）

　　　　〔彭六嫂上。

王大嫂　六嫂，你可回来了！怎么送点活跑了大半天哪？午饭还没吃吧？

彭六嫂　啊！

王大嫂　快吃点东西吧！

彭六嫂　不饿，等彭六回来一块吃。

王大嫂　看你跑的这身土。（倒水）坐下歇歇吧！活儿交出去了？

彭六嫂　交了，人家没全收，有好些不合格的。你看。（拿出一只袜子）

王大嫂　这不是四号，七号接的活儿吗？她们怎么做成这个样儿呢？交不出去可怎么办呢？

彭六嫂　人家明天一早等着要，我夜里给赶赶吧！

王大嫂　事情这么做可不成！你这儿死卖力气，架不住人家敷衍了事！咱们后院那两位，刚才还在这儿呢：一个作了一半就不想作了；一个作成这样！你看，这怎么往上交？作活挑肥拣瘦，还不正经干，当初别应下来好不好？谁也没强逼着她们作嘛！

彭六嫂　咱们还得耐着点儿心，多跟她们谈谈。我整天去跑，连个去了解了解情况的工夫也没有，有的人也许真有困难！

王大嫂　我看，这话得两说着——有的人只想自己怎么合适，又要马儿好，又要马儿不吃草，哪有那么好的事！

〔耿兴久上。

耿兴久　王大嫂又生气了？

王大嫂
彭六嫂　哟，耿大爷没出去呀？

耿兴久　你们的话我都听见了。遇到困难可还不能着急呀！我刚才正在想你们这个事儿。要是不把活儿拿到自己屋里去作，几个人凑在一起干，彼此有个照应，是不是会好一些呢？

192

王大嫂　那怎么行呢？有几个能离开家的？看孩子、作饭……

耿兴久　咱们不能为参加生产的人办个托儿所，办个食堂吗？

彭六嫂　耿大爷的意见好！大伙儿要能在一块儿干活儿，彼此瞧着，
　　　　就都不好意思不正经干了。办食堂也挺需要，一天三顿饭，
　　　　真占不少时间！顾了作这个就顾不了作那个。孩子是得有人
　　　　看着，能办个托儿所也好！

王大嫂　说办就办，也不那么容易吧？

彭六嫂　只要大伙儿真需要，就能办的起来！

耿兴久　想到就能作到，就怕想不到！

彭六嫂　耿大爷，咱们找工作组同志谈谈去，好不好？

耿兴久　好，咱们谈谈去。

王大嫂　六嫂，你还没吃饭呢！

彭六嫂　不要紧，大嫂！你把这钱交给她们，就手跟她们谈谈，听听
　　　　她们的意见。

方大妈　（在屋内大嚷）你们谁要出去，就给我走，打这儿别回来！
　　　　都给我滚！

方体兰　（也在屋内）跟您好说，您不答应！您不能管她一辈子！

彭六嫂　方大妈！方大妈！为了什么呀？有事好说，娘俩别吵啊！

方体兰　（出来）六嫂、耿大爷，你们听听吧！敬莲要下乡参加义务
　　　　劳动，我们跟妈死说活说，妈都不答应！

方大妈　（出来）体兰，你们是成心气我呀！自从一整风你们整天在
　　　　外头，心都野了！我已经睁一只眼，闭一只眼，不多管你们
　　　　的事儿。这倒好，敬莲索兴要到乡下去，一住半个多月，出
　　　　了事情我担不起责任，她丈夫死的时候把她托付给我的！

方体兰　　妈，敬莲去是下乡参加义务劳动，又不是作什么坏事！再说，还有好多人一块去，彼此都有照应！

方大妈　　她是年轻轻的小寡妇，你给她保险哪？

李敬莲　　姑妈……

彭六嫂　　方大妈，您想到哪儿去了？下乡参加义务劳动是正经事；去参加的人都还经过大家讨论，街道上同意批准呢！您可不该这么说话！

方大妈　　哎呀，六嫂，你不知道，敬莲这孩子，从小就老实，没受过乡下的苦哇！我是为了她好，心疼她，她怎么干得了那又脏又累的活呢？

王大嫂　　这回去的人，大半都是头一回下乡！锻炼锻炼有好处！敬莲年纪轻轻的，有什么干不了的？

彭六嫂　　方大妈，敬莲要去锻炼锻炼，是有心胸，应当鼓励！她年轻又有点文化，不应该出去为大家作点事情吗？您老想把她拴在屋里，那可不行！

方大妈　　六嫂，我可没那个意思！你瞧，这回整风，不就是我叫她出去开会的吗？

王大嫂　　那就好嘛！

方大妈　　王大嫂，我呀，身体不好，血压又高，敬莲一走呀……

方体兰　　您呀，就是又封建，又自私！

方大妈　　什么？

方体兰　　您就是要敬莲蹲在家里，伺候您一辈子！

方大妈　　你要造反哪，你！

耿兴久　　方老太太，体兰的话不大好听，倒是实话！您不应该限制敬

莲，她已经是成年人了，她应该有她独立的生活，谁也没有
权力来干涉她！

方大妈　好吧，大家都帮你说话，你自己说说到底怎么样？

方体兰　妈，不是已经跟您说过了吗……

方大妈　我要她自己说！

李敬莲　姑妈，我去！

方大妈　（半晌）好！我也管不了啦！

方体兰　您可答应了？

方大妈　我没意见！（入室）

彭六嫂　敬莲，赶快收拾东西去，去吧！

　　　　〔李敬莲与方体兰入室。

耿兴久　咱们走吧？噢，六嫂，你先作饭吧，我自己去谈谈。（下）

　　　　〔彭入室。

王大嫂　我也给她们送钱去。（到后院去）

　　　　〔吵时，徐四嫂坐在小凳上补袜子。吵闹中间，小唐嫂出来
　　　　听，与徐交换眼色。

小唐嫂　你瞧见没有？在会上说得挺好的，回家该吵了吧？

徐四嫂　可不，谁家里没点困难？说下乡，就下乡，哪儿那么容易！

小唐嫂　哟！你今儿怎么作上活了？

徐四嫂　不是批准我下乡了吗？穿着破袜子，又让人家笑话我去啊？

小唐嫂　四嫂，你怎那么傻呀！你不会不自愿吗？你瞧我，在会上就
　　　　一声没出！

徐四嫂　我不自愿也得成啊！大字报上说我得劳动锻炼，小组会上大
　　　　伙儿又都说我够条件，没小孩，身体又好，老那么钉住我，

我不报名行吗？

小唐嫂　听说，下乡累极了！你受得了吗？

徐四嫂　到那儿再瞧呗！反正在家里也清闲不了，这不是发动大家搞生产了嘛，你看那些挑花针什么的，我粗手笨脚的，干不了啊！

小唐嫂　你不会不参加？你瞧我就不干，她们能把我怎么样呢？

徐四嫂　她们还说：我走后，她们帮助照顾老徐，准保他回来有热饭吃，有开水喝。说的倒不错！平常跟她们借点开水，都得看她们的脸子！她们多扫了点地，都对你有意见！我走了倒好，哼！

小唐嫂　那倒不要紧，他那么大个人，还饿得着？

徐四嫂　哟，你看，竟顾了跟你说话，把袜子都补成了个团啦！

小唐嫂　嘻！四嫂，你可真行！我帮你拆拆吧！哟，拆都拆不开！这得垫个袜板儿！

徐四嫂　是吗？你有吗？借我使使。

小唐嫂　行！（两人进小唐嫂房）

〔彭六进来。

彭六嫂　（早已作上饭，拿起返工的活儿收拾）你怎么才回来，午饭也没回来吃！

彭　六　今儿个可远了去啦，跑了一趟通州。人家要搞水利化，买了一部电滚子等着用。我赶到了，大家就把我给围起来啦，这份道谢呀！

彭六嫂　那今儿个就别再出车啦，好好地歇一歇，洗洗脸，喝碗茶。

彭　六　咦，我说这是怎么回事，又要返工？

196

彭六嫂　可不！明儿一早起还要呢！今儿个夜里得打夜班，这不连菜
　　　　都没有工夫炒吗！

彭六　　甭急，我也来作！非把这个活儿赶出来不可！

彭六嫂　粗手笨脚的，你算了吧！

彭六　　这有什么？不就是拆吗？（拿起活儿）

彭六嫂　我真有点着急了！你瞧，成天往外头跑，没工夫照顾你，叫
　　　　你冷一顿，热一顿的！

彭六　　你甭管我！凡事起头难，给大伙儿办事就更难！可还得想法
　　　　办好啊！哎！坏了！捅了漏子啦！

彭六嫂　哟！我说你别帮嘛！越帮越乱！

彭六　　好，我来作饭！

彭六嫂　我都作上啦！

彭六　　那，我去切菜。（下）

　　　　〔耿大爷回来。

彭六嫂　怎么样啊？耿大爷！

耿兴久　王大嫂呢？

彭六嫂　在后院。我叫她来。（叫）

　　　　〔王大嫂上。

王大嫂　商量了吗？耿大爷！

耿兴久　刚才我跟工作组研究了一下。咱们这个活呀，这么零散着作
　　　　不好管理，不能保质保量，又不敢大批地接活，还得天天临
　　　　时去找活源。

彭六嫂　是那样！

耿兴久　工作组建议咱们组织起来，跟一个厂子订个合同。大家集体

197

一块儿干，互相监督着点儿，什么问题都好解决了。

王大嫂　就照现在这样，她们还提出一大堆困难呢，您刚才不是都听见了吗？

耿兴久　咱们组织起来，就可以自己办食堂，办托儿站啦。

吴老头　（出来）办食堂，交给我吧，这事儿我行！

王大嫂　您这么大岁数了，还受得了那个辛苦？

吴老头　行啊！我正想找点儿事儿作呢！大伙都这么忙，我能闲着吗？我还保证不耽误扫盲！

耿兴久　好，您就试试！

吴老头　办食堂，房子、家具，哪儿去找呢？

彭六嫂　有了食堂，家里这一份家伙都用不着了，我全拿出来；再发动大家伙儿凑凑，不就行啦？

耿兴久　房子，我去找！大嫂，你跟王师傅、徐师傅说一声，到时候请他们两位帮点忙。（对吴老头）别的零碎事，您给计划计划。

吴老头　行了。就交给我吧。可是，还得用点儿现钱，买个炉口、炉条什么的……

王大嫂　吴大爷，您放心，我还存着几块钱，也都拿出来！

〔徐师傅回来，急着问大家。

徐师傅　怎么，走了吗？

彭六嫂　说好了，六点钟来车接，这就快了。

徐师傅　怎么，人呢？上哪儿去了？行李还没捆上吧？

耿兴久　（喊）四嫂，敬莲，你们都快准备吧，一会就要出发了！

李敬莲　（提行李出）我都准备好了。

徐四嫂　（由小唐屋出来）怎么，说走就走呀？我的行李还没打呢！

徐师傅　你怎么这么慢条斯理的，快着点吧！

徐四嫂　嘻，我不是等你回来商量商量嘛！

徐师傅　不是都说好了吗？

徐四嫂　我走了，这家里的事你能管哪？

徐师傅　怎么？……你又……

彭六嫂　四嫂，那天在会上不是都说好了，你走后，一切都由我们来替你管吗？

徐四嫂　那么一说，就靠得住啦？

徐师傅　你这个人，真是……

王大嫂　四嫂，你不放心哪，我跟六嫂都合计好了，提了保证！你看：一，我保证四哥早起有热水洗脸，吃完了早点去上工。二，我保证四哥回来就有开水喝，有热饭吃，随来随有，决不误事！

彭六嫂　我的保证是：一，每天给你打扫房间一次；二，保证四哥的衣服勤洗勤换；三，在你回来以前把你的被子拆洗一次。你看，我们提的还有什么不够地方，你再补上吧！

徐师傅　六嫂，王大嫂，这真是……（向徐四嫂）看看人家……你还有什么说的？人家提的管保比你想的周到的多！

〔外边锣鼓声，大牛儿跑上。

大牛儿　敬莲婶、徐四婶，你们怎么还不快着点？人家都集合了！

徐师傅　快点吧。（进屋去打行李）

徐四嫂　那……耿大爷……

耿兴久　怎么？还有问题吗？要不想去，就提出来，还来得及！

199

徐四嫂　那，叫我下乡生产……我没意见！

徐师傅　（扛行李出）那就快点走吧！我这么大的人，还用你不放

　　　　心？

徐四嫂　不放心？我是不放心！（要哭）

方体兰　四嫂，看看敬莲，（敬莲很坚决）你也硬棒点！

　　　　〔锣鼓声，欢送的群众上。

来　人　现在马上集合，我们来欢送你们！

徐四嫂　还劳动大家伙儿，这，这可真不敢当！

　　　　〔王大嫂接过大红花，给徐四嫂戴上。

王大嫂　看，这多么光荣啊！

徐四嫂　还戴花哪？戴上可就……

　　　　〔方体兰给李敬莲戴上。

李敬莲　再见，体兰！

彭六嫂　我们帮她们把东西搬出去吧！（众搬东西）

王大嫂　四嫂，等等！你们要走，我们也团结了，还留着这破栅栏干

　　　　什么呢？把它拆了吧！

徐四嫂　拆就拆吧！

徐师傅　来，大牛儿！拆！

大牛儿　一、二、三！（众笑）

　　　　〔锣鼓声，众欢笑，送出去。

（幕落）

第三幕

第一场

时间　前幕后半月，上午。

地点　同前。

　　〔幕启：院中极整洁。小唐嫂门外还有小火炉，她尚未加入食堂。花草增多，连窗台上都摆着小盆的花儿……

　　〔每户门框上都贴有"清洁四无"的红纸条。柳树的枝叶多了些。

　　〔街上锣鼓声不断。

　　〔王大嫂正在作蒸馏水。崔大嫂作活计。郑三嫂用缝纫机作活。大牛儿在作小凳子，体兰在漆小凳。崔二妞从后院跑来。

崔二妞　又是报喜的！又是报喜的！小二、小三，快来哟！

郑小二　（与小三推着一把旧椅子跑来。椅腿上安上了四个小轮子；座下安了两层薄板，座上座下都放着书。上插小红旗，这是他们的流动小图书馆）来喽！来喽！

方体兰　（开玩笑地）喝！车子棒啊！流动小图书馆？

崔二妞　郑三叔给安的轮子，徐四叔给作的书橱儿，我们大伙儿的书！

方体兰　有这么好的设备，你们也该报喜去呀！

郑小二　上哪儿报喜去？

方体兰　文化部嘛！政府可关心孩子啦！

崔小三　这面小红旗是耿爷爷给我们的，就算报了喜吧。

崔大嫂　好好玩去吧，先到八号看看有借书的没有。

崔二妞　当然有！我们还要跟他们合作呢，正在协商！（走）

方体兰　嗨，二妞！别光办图书馆，也得找碎铜烂铁，支援地方工业！

崔二妞　跟我大姐要，我都交给她了！（同下）

小　唐　（出来）大嫂们，体兰，我下乡演戏，得去一个月，大家多照应着点她！（指妻）看！我有点军事化、战斗化的意思没有？（指背上行李，打的又紧又小）

方体兰　行！有个样子！可是，小唐哥，你这么一走，谁教给我们唱歌呀？

小　唐　我看哪，就由你代理。

方体兰　我行吗？

小　唐　怎么不行？你的嗓子不大，可又准又有味儿，半土半洋！

王大嫂　体兰，你就来吧！省得刚学了几天，又断了气儿。

大牛儿　你就来吧！妈妈也交给我一个任务，教工间操。

小　唐　再见了，大嫂们！（下）

众　人　再见！再见！

崔大嫂　小唐嫂，多送两步吧！

小唐嫂　我才不！送到门口就行了，还得作饭呢。（送）

郑三嫂　你看，那俩还没回来，又走了一个！

崔大嫂　体兰，你不是说：徐四嫂、敬莲，今天能回来吗？

方体兰　是呀！

崔大嫂　日子过得这么快，一眨眼半个月了！她们俩在乡下，也不是受得了受不了！

郑三嫂　大概行！没半截儿跑回来嘛！

　　　　〔小唐嫂回来。

方体兰　别看敬莲单薄点，可有个咬牙的劲儿呢！

大牛儿　徐四婶可真有力气！

王大嫂　她们准想不到，回来一看，家里全变了样儿啦！

大牛儿　妈，徐四婶走的时候，您还答应给四叔作饭，烧开水；这可好，咱们连火都不生了！

郑三嫂　有了食堂，也没饿着他呀！

小唐嫂　徐四嫂回来准高兴，她就不爱作饭。

王大嫂　小唐嫂，可也别拿老眼光看人，连你这些日子不是也不常下小馆啦吗？

小唐嫂　我这不是自己作饭了吗？王大嫂，食堂的饭我吃不惯，不管荤的素的都没个味儿！我情愿费点事，自己作点吃。

崔大嫂　我们可跟你想的不一样：能够不天天围着炉台团团转，舒舒坦坦地作点活，吃什么都行！

吴老头　（由崔大妞帮着，提菜筐进来）大伙儿都忙着哪？

崔大妞　小唐婶，托儿所刘大妈说，你给孩子们作的小布人挺好，谢谢你。

小唐嫂　嘻！那是我作着玩的！孩子们喜欢哪，我再带手作两个！

大牛儿　大妞，没提我作的小凳子好不好啊？

崔大妞　没有。

王大嫂　刚尽点义务，就叫人夸好啊？

大牛儿　谁呀！我这是征求征求意见！我这儿不是又作新式样的吗？
　　　　您瞧，把那个破栅栏的木料用上了——这叫废物利用！

崔大妞　体兰姑姑，你这回漆的比上回好多了，又光又平，不那么疙
　　　　疙疸疸的了。

方体兰　一回生，两回熟。天下无难事，只要想作就能够作的好！

大牛儿　这话对！

崔大妞　你老想作的那个除四害万能机呢？不作啦？

大牛儿　别忙啊，述没想好呢。总能作出来，你瞧着吧！

崔大妞　我看哪，等四害都除净，你那个机器也就没了用！

吴老头　大妞，来，帮我点点菜。一边点，一边算清楚。一到食堂，
　　　　忙忙叨叨的，我就算不上来了。给大伙儿办事，一分钱都不
　　　　能错！

　　　　〔彭六上，腿有点跛。

彭　六　大清早的就都忙上活儿啦？够劲儿！

吴老头　彭六，出去啦？

彭　六　瑞华药房催的紧，等着蒸馏水用。王大嫂半夜起来赶出两大
　　　　瓶，我一早儿给送去了。

吴老头　你的腿还没好利落呢！

王大嫂　啊，就是呀！我说叫个车送去，六爷不肯。

彭　六　怎样啊？我替一会吧？

王大嫂　不用，你歇歇去吧！

崔大嫂　　三嫂，你还有几件？

郑三嫂　　这就完了。这批活儿不错。王大嫂，明儿六嫂送活去，让她再多领点来，省得又接不上。

王大嫂　　作加工活儿就是这样：有活没活全得听人家的，只有咱们自己办起工厂来，就牢靠了。

崔大嫂　　咱们要是办起工厂来，咱们就是工人阶级啦！按时候上下班，又有准进项，那敢情好！

郑三嫂　　办工厂？就那么容易！把眼下的活儿作长了，就不错！

小唐嫂　　凭咱们妇女也办工厂？

崔大嫂　　也别那么说，工厂里有的是女工。王大嫂，你说咱们能够自己办起工厂来吗？

王大嫂　　这两天耿大爷跟彭六嫂，还有工作组的刘同志，不是黑天白日的……

方体兰　　要是办起来，我也参加，当工人！大牛儿，你呢？

大牛儿　　我们学校正搞勤工俭学呢。你们要是办起工厂来，我要求学校叫我参加这儿的劳动，准成！

彭　六　　体兰，我也有个想法：蹬三轮呀，一个人坐，一个人蹬，有点落后。我就送蒸馏水吧，挣的少点，可是总算为社会主义建设服点务。吴大爷，等咱们办起工厂来，我还要学点技术呢。

吴老头　　说的好，看的远哪。大妞，帮着我把菜送到食堂去。

彭　六　　我来吧！（同吴下）

方体兰　　大妞，你再找点碎铜烂铁吧。暑假也没几天了，你还没完成指标哪！

崔大妞　好！（往后走。外边锣鼓声，又往外跑）又是报喜的！

　　　　〔外面有人声："送到家门口就行了！""行了，谢谢！"

方体兰　她们回来啦！

崔大妞　（进来）徐四婶她们回来了！（又跑出去）

王大嫂　什么……

　　　　〔敬莲手中提一大串红辣椒，徐四嫂背着二人的行李，高声
　　　　说笑着进来。

李敬莲　体兰，我回来喽！王大嫂，崔大嫂……

方体兰　敬莲，你快成了黑人牙膏喽！

　　　　〔众人乱成一团，都说都笑。

徐四嫂　哟！家里都变了样儿！街道上也变了，家家门口都摆上了花
　　　　儿！这是怎么啦？王大嫂，那是个什么呀？

王大嫂　我们都参加劳动生产啦！

徐四嫂　你们也劳动光荣哪？

郑三嫂　王大嫂搞的是轻工业，造蒸馏水。

崔大嫂　我们还要办工厂呢！

李敬莲　太好啦！太好啦！

王大嫂　四嫂，在乡下怎么样啊？

徐四嫂　都艰苦着点，也没什么！大伙有说有笑地干活儿，不比一个
　　　　人穷逛百货大楼强吗？

李敬莲　四嫂身大力不亏，干的真不赖！

徐四嫂　敬莲在那儿老打通我的思想，要不然我也艰苦不下去。

李敬莲　姑妈呢？

方体兰　房子不是要公私合营吗？我就动员老太太去带头表示态度，

她不去。我可就当着大家表示拥护把咱们的房子先合营了。妈一气，上二舅那儿住着去了！

李敬莲　吴大爷呢？

郑三嫂　办食堂呢。

徐四嫂　食堂？你们都不自己起火啦？

王大嫂　看哪，连炉子都没啦！

徐四嫂　农村里早就办了食堂。

李敬莲　我们来的时候，正成立公社。

郑三嫂　公社？

徐四嫂　乡下呀，除了没有北海的白塔，什么都有！人家那个干净啊！连小猪都天天洗澡！

方体兰　我把报上的事儿念给大家听，她们还不信呢！

李敬莲　瞧瞧，大辣椒多么大！走，四嫂，咱们看看食堂去！干脆送给食堂，叫大伙儿都尝尝！咱们各处看看去！

王大嫂　刚到家，不歇会儿吗？

李敬莲　不累！

王大嫂　你们看见周二嫂没有啊？

李敬莲看　见了。她当了干部，可忙啦！

众　人　瞧瞧人家！

李敬莲　她叫我捎个口信儿，郑三嫂，叫三哥给她们想法子弄点滚珠儿！急等着用！

郑三嫂　我回头告诉他。

徐四嫂　走吧，敬莲！

崔大妞　我领你们参观去。（同她们往外走）

〔耿兴久上。

众人耿　大爷回来了！

徐四嫂
　　　　耿太爷！
李敬莲

耿兴久　哟！你们回来啦？好！家里正需要人手呢！

李敬莲　我们去看看食堂、托儿所，一会就回来。

耿兴久　好，去吧！回来说话儿。

王大嫂　彭六嫂回来了吗？

耿兴久　她就来。

王大嫂　耿大爷，办工厂的事有点眉目吗？

崔大嫂　是呀，有眉目了吗？

耿兴久　有啦。

众　人　有啦？您说说，办什么呀？

耿兴久　你们愿意干哪？

众　人　愿意！

耿兴久　可是白手起家，诸事全靠咱们自己！

方体兰　您快说吧！

耿兴久　六嫂就来，她能说的更详细点。

方体兰　哟，耿大爷还会卖关子呢！

王大嫂　耿大爷，您不能先说说吗？大伙儿可挺关心这回事儿！

崔大嫂　六嫂回来了！

　　　　〔彭六嫂在门外："劳驾给抬进来吧！"她入，二人抬一耐
　　　酸泵随入。

彭六嫂　就放在这儿吧。歇会儿，喝碗水吧！劳驾，谢谢啊！（二人

（下）

众人　（惊异，围着）哟，这是什么呀？

耿兴久　（把六嫂拉到一边）你跟大伙说说，看大伙儿有什么意见。我到八号去，跟他们说说。（下）

彭六嫂　好吧，您去吧。

郑三嫂　这玩艺儿还怪沉的嗳！

小唐嫂　这么大的拐脖可往哪儿安呢？

王大嫂　六嫂啊，这到底是干什么用的呀？

彭六嫂　这是抽水用的泵，现在乡下正缺这个呢。

小唐嫂　乡下缺，你拿到这儿来干什么呀？

彭六嫂　是这么回事：咱们不是都火着心办工厂吗？耿大爷，我，还有工作组的刘同志就到处去打听。我们路过剪子巷西口，看见一个厂子，作这个玩艺儿，设备简单，操作也不太费事，就是个力气活。他们说呀，销路挺好。他们现在要生产翻十番，需要我们大力支援。

崔大嫂　那咱们就办造这个的工厂呀？

彭六嫂　对！我还没说完哪。我们三个人进去，找到了一个张股长。我说我们要支援他们生产。他一听，挺高兴。可是再一听，咱们都是家庭妇女呀，他的脸就搭拉下来了……

王大嫂　哎，家庭妇女怎么啦？也不比谁差劲呀！

彭六嫂　他说：你们干不了！甭说别的，就是抬铁水的那个包，空着也有一百多斤，你们抬不动！

小唐嫂　什么包？

彭六嫂　我也摸不清。他又说：一出铁水呀，屋子里就像火烤着似的。就凭你们妇女呀……我当时没听完，扭头就走了！

方体兰 那不就吹了吗？

彭六嫂 我呀，跟耿大爷找党支部书记去了。

王大嫂 支部书记就一口答应了？

彭六嫂 哪儿呀！他一听都是家庭妇女，也有点发"二乎"！耿大爷
　　　　跟我就跟着他转，老说：我们家庭妇女有决心，干的了！你
　　　　们生产要翻十番，我们有足够的力量支援你们！

方体兰 这他还不答应呀？

彭六嫂 　你们猜怎么着？支部书记一看我们的劲儿，就说了：你们
　　　　行！我答应了！

大牛儿 六婶，这玩艺可不简单，得自己化铁，自己翻砂。这不光是
　　　　力气活儿，还得有技术呢！

崔大嫂 哟，那咱们不会呀！

郑三嫂 咱们干不了！

彭六嫂 不要紧，人家派老师傅来教咱们。

　　　　〔冷场。

王大嫂 嗯，这下子，咱们"家庭妇女"的帽子可就彻底摘掉了！办
　　　　了工厂，大伙儿全甭愁没活儿干了！我举双手赞成！

郑三嫂 有老师傅来教，也不能一下子就学会！

崔大嫂 一百多斤的东西，咱们抬得动吗？

小唐嫂 这根本不是妇女干的活儿！

方体兰 这是什么话！妇女们没有干不了的事，先别害怕！

王大嫂 对！一样都是人，人家干得了，咱们就也干得了！

彭六嫂 有什么困难哪，就都说出来吧。

〔大冷场。徐四嫂，李敬莲上。

徐四嫂　哟！怎么啦？怎么都不出声啊？（见无反应，缩缩脖子，退后）

李敬莲　六嫂，开什么会呢？

彭六嫂　谈办工厂的事呢。

李敬莲　噢！

徐四嫂　办工厂是好事！

小唐嫂　好事儿？就叫咱们作这个玩艺儿！（指泵）

徐四嫂　这不是乡下抽水用的吗？敬莲，这叫什么来着？

李敬莲　水泵。

徐四嫂　对！乡下可缺这个东西！六嫂，几儿开工，带着我！先作几台给周二嫂送去！怎么，你们不想参加呀？你瞧着我，我瞧着你的！

崔大嫂　谁不想参加呢？就怕干不了，百十斤重的东西……

郑三嫂　还得整天烤着呢！

徐四嫂　怕干不了啊？什么都是人干的！就说我吧，刚要下乡的时候，也有点害怕，想打退堂鼓。可是，一看乡下妇女你赛我、我赛你地干，我也就咬上了牙，干下来了！

李敬莲　我也开了眼，妇女什么都能干。挖渠、挑粪，太阳晒着，泥水泡着，人家乡下妇女一点不让男人，都笑呵呵地干，谁也不喊累的慌。造水泵，我赞成！我报名参加！

崔大嫂　我要跟你似的，无牵无挂的，我也报名！

郑三嫂　我呢，不是有吃奶的孩子吗？

方体兰　孩子可以交给托儿所嘛。

崔大嫂　你倒说得轻巧！送托儿所得交钱！

徐四嫂　还怕没钱？一参加劳动，还不拿工分？

崔大嫂　咱们这什么也不会的人，几儿个才拿上工分呀？

方体兰　谁也不是生来就会，学嘛！

彭六嫂　咱们干起来也不能马上出活，全靠人家工厂帮助。求人家帮
　　　　助，还能伸手跟人家要钱吗？再说，咱们办工厂也不是为了
　　　　赚钱哪。

王大嫂　是呀，咱们是为建设社会主义！人家工厂冲着咱们这股子劲
　　　　儿才帮助咱们，咱们自己可得争口气！

大牛儿　对！我不上课的时候就来参加义务劳动！我保证好好学技
　　　　术，让我干什么就干什么！

彭六嫂　是呀！大牛儿说的好！马上建厂子，装炉子，收拾厂棚都靠
　　　　咱们自己干，先义务劳动，这才叫白手起家嘛！

徐四嫂　可不，我在乡下还不是那样！三个礼拜，一个子儿没拿！这
　　　　是劳动光荣嘛！

郑三嫂　可是，孩子进托儿所能不拿钱吗？

王大嫂　那，对呀，咱们义务劳动的时候，让她们义务看孩子呀！

崔大嫂　要那样的话，我参加！

彭六嫂　这个主意好，我待会儿跟托儿所商量去。

小唐嫂　要义务，大家都义务，不是吗？

王大嫂　三嫂，你看崔大嫂、徐四嫂都同意了，孩子问题也可以解
　　　　决，你参加不参加？

郑三嫂　干吗老死钉我呢？

彭六嫂　三嫂，别着急，大伙的事，商量着办！

徐四嫂　小唐嫂，咱们俩商量商量，我带着你干吧？（众笑）

小唐嫂　六嫂，昨儿个小唐劝了我半夜，叫我参加生产。我想啊，还是作小布人吧，入儿童玩具工厂……

王大嫂　那也行啊！

小唐嫂　我一定好好地干，听说小布人还出口呢！

郑三嫂　对了，你去作小布人，我还守着这盘缝纫机；反正不闲着就行了！再说，胡同里还有什么也不干的呢！

彭六嫂　那有个缘故：有的生病，有的岁数大了不能劳动。咱们哪，身子骨都不错，就得出把子力气，找点重活儿干；把轻活儿让给身体差点的，那大家不就都参加了劳动吗？对不对？三嫂！

耿兴久　（回来）怎样啦？都商量好啦？同意啦？

王大嫂　孩子还有点问题。

耿兴久　那不要紧，八号也提出这个问题来。我跟托儿所的同志一合计，人家说：你们义务劳动，人家义务看孩子。

崔大嫂　得，孩子一托出去，我就上工厂！

王大嫂　就是郑三嫂还……

耿兴久　谁参加不参加都是自觉自愿，不愿参加的，决不勉强！

郑三嫂　耿大爷，您说的受听！我就都听您的！

耿兴久　还是自己想想吧，三嫂！

彭六嫂　耿大爷，八号怎么样了？

耿兴久　他们那边多半参加了。工厂跟居民委员会商量，把厂房就安排在那边，今天马上腾房子。只有一个问题还没解决：有两家子还找不到房。我寻思咱们这儿能不能挤出两间房来呢？

213

吴老头　我那间让出来吧！

大牛儿　您知道说的是什么事吗？吴爷爷！

吴老头　不是办工厂吗？

耿兴久　吴大哥，我刚才想了想：我搬到您的屋里去；我那间大点，
　　　　让给八号的人住；咱们老哥俩住在一块儿，也好多聊聊啊！

吴老头　行啦！

方体兰　耿大爷，我搬到敬莲屋里去，不又腾出一间来吗？

耿兴久　好哇！那可得跟你妈妈说一声。

方体兰　用不着！谁知道她什么时候回来呀！

耿兴久　那咱们就搬吧？

彭六嫂　好，搬！

耿兴久　搬！六嫂，你领着人到八号去搬吧。

彭六嫂　有空的都来帮个忙吧！

众　人　走！

吴老头　我说街坊们，你们不吃饭啦？

众　人　搬完家再吃！（一拥而下）

吴老头　干劲真大呀！妇道人家办工厂，这真叫解放啦！

　　　　〔方大妈气哼哼地进来。

方体兰　妈！您怎么还撅着嘴呀？

方大妈　好嘛，我算计着到你舅舅家能够清静两天；哼，他把房子让
　　　　出来办工厂啦！还叫我给他们看孩子！

方体兰　妈！咱们这儿也办工厂啦！

方大妈　啊？（半晌）这都是怎么回事呀？！（同方体兰入室）

吴老头　老哥哥，我有句话憋在心里好些日子，今儿个我得跟你说

214

说！我不是每月拿政府十五块的补助吗，我不再要了；如今这个光景，还愁没有我的生活吗？

耿兴久　你这是……

吴老头　这是我一点心意，您给我说说去！

耿兴久　好啊，我给你说说去！老哥哥，咱们的日子是越过越有劲啊！

（幕落）

第二场

时间　九月七日黎明。

地点　同前。

〔幕启：人们在准备去游行。院子里架着由屋里临时牵出的电灯。彭六站在一张桌子上，够着贴横批上的字，上面是："坚决拥护周总理声明"；大妞站在他的脚下，给他拿着浆子和剪好的字。徐师傅和王师傅在另一边做着标语牌。大牛儿在写美术字。郑三嫂和崔大嫂在剪字。王大嫂、方体兰、小唐嫂在糊着小纸旗。李敬莲在缝旗子。方大妈在烧开水。开幕时方体兰一边做事，一边教大家唱歌；大家都工作着，同时也在学着唱。

方体兰　大家一块来再唱一遍最后一段。

〔大家齐唱"红旗扫荡西风，红光冲破乌云，美国强盗胆敢来挑衅，激怒了六亿人民！一定要解放金门、马祖！一定要解放台湾！祖国庄严的门户里，决不许强盗横行！红旗插到东海上，武装保卫和平！"

方大妈　好了，歇歇吧，留着点嗓子上街去喊！茶沏好了，喝茶吧！

（给每人都送上一杯茶）

大牛儿　方奶奶，我们有的是劲！要叫美帝听听我们中国人民的声音！

王大嫂　天快亮了，都快着点，天亮就出发，咱们早点去，别落在后头！

〔郑三上。

郑　三　你们这是要去游行吗？

郑三嫂　怎么今儿晚上又赶活儿啦？

郑　三　我是游行才回来！昨晚上我们修理组听到了周总理的声明，大伙的劲儿可大啦！这下子得叫老美知道咱们的厉害！紧接着，我们冒着雨就上了街！我们还以为必是头一个呢；好家伙，一进和平门，游行的队伍就像潮水似的！我们参加了大队，一直到现在才完。

郑三嫂　你赶快换件衣裳，小心着凉。

郑　三　不要紧，早干了。（下）

王大嫂　哟！看看人家多么早；大牛儿，赶快写吧！

〔徐四嫂与另外几个妇女，炼铁打扮上。众人马上紧张起来："大伙都快着点呀！"郑三上。

郑三嫂　我说，你又到哪儿去？一宿没睡了，还不歇会儿去？

郑三　歇会儿？你懂什么呀！这是什么时候，还有工夫歇着？

郑三嫂　好，我不懂！我们也听了广播，开了会，就透着你积极！

方体兰　三哥你可别这么说！你看，妇女办工厂，说办就办起来了！你听说过妇女翻砂吗？我们妇女还自己化出铁来了！你呀，这叫做轻视妇女！

郑　三　体兰！你可别给我扣帽子！我没说瞧不起妇女，你可也要知道：周二嫂要滚珠，我只会安，不会作，可也做出来了！现在我们修理小姐，下了保证：决心要把一批活提前完成任务，用实际行动支援解放台湾！我马上就去接着干！（下）

方体兰　三嫂，三哥真行啊！

郑三嫂　得了，甭夸了，越夸他越来劲儿！

方体兰　咱们也不赖！就说四嫂吧，干起活来真比大小伙子还棒！

徐四嫂　我呀，就爱那个铁水，颜色儿金黄金黄的，就跟橘子水似的。

徐师傅　得啦，别老王卖瓜了！头回出铁的时候，你是头一个吓的往家跑！（众笑）

王大嫂　四哥，不光是四嫂害怕，谁都一样，一辈子围着锅台转，哪见过那个阵式呀？

崔大嫂　就是说嘛，猛孤丁的就炼铁，看见滚烫的铁水直往外溅火星子，是怪吓人的！就连六嫂不都有点胆怯吗？

　　〔彭六嫂上。

彭六嫂　王大嫂，都准备好了吗？

王大嫂　好了！你看（指标语牌）成吗？

彭六嫂　成！他们六号、九号也都差不多了。肖老太太都六十多了，

217

也要上街去游行！

方大妈　哟！她那么大年纪也去呀？

彭　六　方大妈，您还不知道吗？肖老太太的儿子解放前跟我一样，也蹬三轮儿。那次出车，从北海拉到交民巷，一个子儿没给，还叫美国兵打个半死，现在腿还不利落呢！

崔大嫂　提起美帝来，他们在这儿的时候，吉卜车撞死多少人哪！死了白死，还是没地方讲理去！

王师傅　（愤怒，把浆子碗摔了）他妈的！美帝、蒋介石还想骑在咱们脖子上呀，办不到啦！

大牛儿　他们那是妄想！可是台湾还有八百万的同胞受着美帝和蒋介石的压迫，咱们一定要解放台湾！

彭六嫂　大牛儿说的好，我们就是得拿出实际行动来！

徐四嫂　我提个议：我的行动是苦干，有多大力气使多大力气，叫我干什么就干什么！

郑三嫂　我也保证：以后不再打小算盘，从今天起，我跟你们一块干，参加工厂！

小唐嫂　我干完我的活儿，你们这儿要是用得着我，我准来！

李敬莲　大嫂子们，你们的话也就是我要说的！咱们妇女在过去，谁没有一肚子苦！可是今天呢，咱们站起来了！咱们亲手办起来这个工厂，做了这个厂的主人！这个日子是谁给我们的呢？

王大嫂　共产党！要不是党解放了我们，领导着我们，会有今天吗？我们决不能叫美帝、蒋介石再骑在我们的头上，我们一定要保住我们的好日子！

方体兰　我说：我们苦战一星期，努力学技术，把我们的生产翻一番！

众　人　好！赞成，同意！……

彭六嫂　大家的意见好极了；我们可都得一定做到；就用咱们的生产成绩做为"十一"向党献礼！

众　人　保证做到！向党献礼！

彭六嫂　前几天，大伙儿开会决定在年底以前成立公社，我看咱们加点劲儿，提前成立，也在"十一"国庆节向党献礼！大嫂们，区委一定是支持我们的。党就是要咱们早早地实现共产主义，公社就是由社会主义向共产主义的过渡，就是走到共产主义的一座大桥。公社成立了，人人都参加生产。丧失劳动力的老年人进敬老院。社员的孩子，小的都进托儿所，到学龄的都上学。有的人进工厂做工人，有的人到商店去服务，自觉地能干什么活儿就干什么活儿。各尽所能，每个人都给社会主义建设贡献一分力量！咱们就拿出这个劲头儿，支持解放台湾！

李敬莲　那敢情好！

王大嫂　我太赞成了！

大牛儿　咱们就决定"十一"以前放出这颗卫星，向党献礼！

众　人　赞成！好，一定争取放卫星！

彭六嫂　还有一件事：成立公社得做到工农商学兵五位一体。咱们得有民兵组织。基干民兵是十七岁到三十岁，不分男女，都可以报名，参加军事训练。将来还要发枪呢。

大牛儿　我报名参加！

李敬莲　我也参加!

方体兰　我也够条件!

徐四嫂　我的身体好,力气大,也算我一个!

郑三嫂　我的岁数也合格!

崔大嫂　我呢……

彭六嫂　你的岁数超过了,我和王大嫂也不合格啦。

王大嫂　六嫂,咱们商量一下,让我也报名吧!

彭六嫂　那不行,岁数有规定啊。

李敬莲　来,大牛儿,咱们写报名的单子!

大牛儿　训练好,敌人哪时来挑战,咱们就打他个落花流水!

方体兰　对,把美帝和蒋介石反动派彻底消灭!

徐四嫂　咱们努把力,加油干!你也到上边勤催着点儿!

彭六嫂　好!

　　　　〔吴老头上。

吴老头　老街坊们,食堂为了保证大家伙能按时游行,把早点给送来
　　　　了,每人一包。

　　　　〔众人有的进屋想拿些什么,有的就赶紧做完最后的工序,
　　　　有的就欲出门。外边有人声、锣鼓声。耿大爷上。

耿兴久　大伙儿快点吧,到胡同集合,准备出发!

彭六嫂　那咱们就走吧!

耿兴久　好,快把东西都拿好!

　　　　〔众人拿着旗子、标语等。

耿兴久　街坊们!咱们今天的游行就是警告美帝:六亿中国人民是不
　　　　好惹的;它要敢来碰一碰啊,它就一定碰个头破血流!

彭六嫂　（带头呼口号）拥护周总理声明！

彭　六　我们一定要解放台湾！

王大嫂　打倒美帝国主义！

〔众人口号呼声激昂，与远处口号声合成一片。

（幕落）

第三场

时间　国庆日晚上。

地点　同前。

〔幕启：天安门前放起焰火，一闪一闪地把院内照亮。柳树上悬着红灯及"人民公社"的旗子。树下摆着耐酸泵，上面用绸子装饰得很美丽——白天曾被抬去游行，向党献礼，现在摆在这里。另一边放着红旗。

〔这个大院已改为公社的俱乐部，院内置有克朗棋架子、象棋桌等。人民公社翻砂厂超额完成任务的指示牌上写着九月份超额完成20%。还有该厂今年的计划指标和远景规划指标。翻砂厂要在这儿举行庆祝会，一条长案上置饮料与糖果。彭六嫂、敬莲在布置，时时仰首看看天上的探照灯光。大牛儿一边拨弄枪一边哼着歌子。

彭六嫂　大牛儿，你们该去值班了吧？

大牛儿　还不到时候，我们一会儿就去。（做枪上肩动作）你们看，我像不像解放军？

彭六嫂　大牛儿你不嫌累呀，今天游行，杠了一天的枪，还不够哇。

大牛儿　够？六婶，你不是民兵不知道！我们首都民兵师过天安门的

221

时候，真神气！一大群照电影的都抢着照！毛主席特别地向我们招了招手……

李敬莲　你说过十几遍了，不嫌频！

大牛儿　敬莲婶，我也得说：你们女民兵也挺不错！可是你枪上肩的动作还不标准。来，我教给你。

李敬莲　不对？我作给你看。（拿起枪来作）

大牛儿　你看，左手太高了。（纠正她）对，放在这儿。来，再来一次。（喊口令）立正，枪——上肩！一、二、一……敬莲婶，你可真成了花木兰了！你报名参加民兵的时候，方奶奶还……

〔方大妈从后院出。

方大妈　又在背后说我什么呢？大牛儿，别拿老眼光看人！你看，崔大嫂、郑三嫂都出去了，两家的孩子不都是我给打发睡了的吗？既然成立了公社，我也就得像个社员的样儿！

大牛儿　方奶奶，我们没说您的坏话！

方大妈　（看着耐酸泵）我是从心眼儿里拥护共产党，没说的！就凭你们这一群大姑娘小媳妇楞会造出这个酸枣泵……

李敬莲　什么酸枣泵，这叫耐酸泵！

大牛儿　这不稀奇！往后新奇的事还多着呢！咱们公社马上要盖大楼了。

方大妈　盖大楼？在哪儿盖？

大牛儿　就在这儿，把这房子都拆掉，盖新新的，高高的！

方大妈　要拆房子？这好好的房子不能住哇？你们别乱想啦！

李敬莲　姑妈，盖起新的共产主义大楼不是更好吗？那楼房里头，有

222

车间可以作活，有学校可以读书，有托儿所、敬老院、理发馆、澡堂子，还有食堂、百货店，您要休息、娱乐，还有剧场和俱乐部，可方便了！不用您出门，要什么有什么！

方大妈　我住不惯楼房，上上下下地爬楼梯，我可爬不动！

大牛儿　老太太，楼里有电梯，上楼下楼随您的便，一按电门就得！

方大妈　六嫂，他们说的是真事呀？

彭六嫂　真的，只要大家愿意，盖什么楼房都可以。咱们可不光是住楼房，还得提高觉悟：人人都为大家伙，去掉私心，这才配住共产主义的大楼！

方大妈　你说得对！……他们这些人怎么还不回来！咱们的会还开不开了？

彭六嫂　开，怎么不开！今晚上咱们全体社员开庆祝会，先在八号的工厂集合，咱们这儿是喝茶、下棋玩的地方。一会儿他们从天安门回来，咱们就开会。方大妈您去歇会儿，等他们回来，我再叫您。

方大妈　我，我还到后院坐坐去，又能看着孩子，又能提高警惕！

　　　　（往后院去）

李敬莲　六嫂，您说得对，一成立了公社，人的心气儿就不同了，连我也敢想一些事了。六嫂，您看咱们现在是每天一班，上午生炉子，下午出铁。咱们能不能分三班，让炉子老不闲着呢？这样，咱们的产量就能翻两番！

彭六嫂　敬莲，你想得好！我也这么想过，可是有些妇女，孩子多，不能上夜班。要解决上夜班，就得叫食堂、托儿所都跟上来。

李敬莲　那就先找像我这样能上夜班的先上着，同时叫托儿所、食堂都改进；大家想想办法，准成！

彭六嫂　好，我去跟耿大爷、刘同志研究研究。

大牛儿　敬莲婶，你真成，思想真解放了！我也要搞发明创造！有那么一天，我会创造一个比月亮大一点的卫星，叫咱们地球有一对月亮！

李敬莲　干吗要两个月亮呢？

大牛儿　咱们那个老月亮冰凉棒硬，甭说人，大概连个狗熊也没有。难道我会照样做个冰凉棒硬的新月亮吗？宇宙间什么最美？不是人吗！我的新月亮上有人，而且是最文明的人，都是共产主义觉悟最高的人。叫这些人坐上我的月亮，到宇宙间去旅行，去探索宇宙的秘密，为人类创造更大更多的幸福！你们说，宇宙间要光有那些大星球转来转去，而没有人，不简直是浪费吗！

李敬莲　你说的真有意思！

〔耿兴久高高兴兴地回来。

耿兴久　预备得差不多了吧？

彭六嫂　差不多了！可是谁知道他们什么时候才回来呢？

李敬莲　别人我不敢说，反正体兰跟小唐嫂准跳到天亮！

耿兴久　按着她们那个劲头，是得跳到大天亮。可是她们知道今天晚上开会，一定会回来。大牛儿、敬莲，快该你们接班了。美帝国主义在台湾制造紧张局势，咱们必须特别加强警惕！

〔李敬莲、大牛儿下。

耿兴久　（看了看布置的情况）没预备酒啊？

彭六嫂　吴大爷说有呀！

耿兴久　今天该喝一盅！

彭六嫂　耿大爷，您坐下歇会儿吧！

耿兴久　不累，一点也不累。六嫂，今天我觉得又年青了！这些日子你一直地忙着，不觉得累吗？

彭六嫂　不累，想不到累啊！您说这变化多么快呀！人变了，什么都变了！大伙的干劲一鼓足了，真是能冲破天哪！真的！

耿兴久　是啊，党和毛主席一号召，真是一天等于二十年！

彭六嫂　对！都是党领导得好，毛主席领导得好！

　　　　〔二人都在静静地想，街上一群孩子唱着歌走过去。唱"歌唱毛主席"。

耿兴久　这会儿毛主席一定正在天安门跟大伙儿联欢呢！

彭六嫂　今儿个我又看见毛主席了！这次，咱们是打着咱们公社的红旗去见他老人家的！毛主席指着咱们的队伍笑的时候，我就想，我还得作多少事儿才能对得起他老人家呀！

耿兴久　是呀！公社是成立了，可是要把公社办得更好啊，还要作很多很多的事！……

彭六嫂　耿大爷！

耿兴久　啊？

彭六嫂　好些日子了，总想跟您谈谈，总不得空，又一下子也不知道该从哪里说起。

耿兴久　什么事呀？

彭六嫂　我……

耿兴久　家里有什么困难吗？

彭六嫂　不是！

耿兴久　六嫂，说吧！什么事需要我帮忙，尽管说！

彭六嫂　耿大爷，像我这样的妇女，也能当党员吗？

耿兴久　怎么不能呢！你这是怎么想的？

彭六嫂　从前我就知道共产党好，让我们穷人翻了身，我打心里愿意跟着党走！可是，我没想到自己还能做出这么多的事来。自从整风以后，听了党课，我才明白，建设共产主义就是咱们自己的事，要咱们自己拿出劲儿来干。从前觉得党好，好像见到了亲娘，有了依靠。现在呢，我想自己还应该参加到里边去。不知道我这样想的对不对？

耿兴久　好！你想得对！应该这么想！党是先锋队，是领头人，为了实现共产主义，为了大家的幸福，为了我们子子孙孙的幸福，作一个党员就要吃苦在前，享福在后，要把最沉重的担子挑在自己的肩上。

彭六嫂　我明白，耿大爷！为了公社，党叫我干什么都行；再苦、再累我都乐意！这些天我一直在想，从前我们过的是什么日子啊！一天到晚拼上命也不过是为了吃上三顿饭。这会儿，当上了翻砂工人，成了公社社员，我真是咱们国家的主人了，怎能不作更多更多的事情呢！

耿兴久　六嫂，你已经有了很大的进步，只要时时刻刻地为大家想，为大家作，忠心为共产主义事业奋斗到底，就可以成为一个共产党员。

彭六嫂　那您还得多帮助我呀！

耿兴久　我一定帮助你！

〔天上灯光交映，花炮声大作。王大嫂、崔大嫂、郑三嫂、徐四嫂、王师傅、徐师傅、彭六、郑三唱着进来。

彭六嫂　都回来了？

王大嫂　全北京的人都上了街，挤不动啦！

徐四嫂　是嘛，看我，坐在人家的葡萄筐子上啦！

崔大嫂　是呀，我们还都惦记着公社的庆祝会，早点回来吧。

彭　六　我跟吴大爷要酒去！（往外跑。体兰、小唐嫂、崔大妞跑进来）哟，体兰，天还没亮哪，就回来啦？

方体兰　六哥，你真是一个心眼儿！我不会在这儿跳到天亮吗？

　　　　　〔方大妈从后院出来。

方大妈　都回来了？茶水早预备好了，大家自己倒吧！

耿兴久　咱们去开庆祝会吧？

彭　六　耿大爷，等等！等我拿酒去。

　　　　　〔吴老头提着几大瓶酒上。

吴老头　甭去啦，酒来了！咱们快去开大会吧！

　　　　　〔小唐上。

小　唐　赶上了，没迟到！街上人多，挤不回来，差点儿把胡琴给挤坏了！诸位，庆祝大会上我要出个精彩的节目！

　　　　　〔众人纷纷准备出发。

王大嫂　耿大爷，待会儿开大会，还有您报告，您都想说什么呀？

徐四嫂　您就先跟我们说说吧！

王大嫂　这几个月，您真为我们操了不少的心！

崔大嫂　也出了不少的力！

郑三嫂　可也为我们生了不少的气！

徐四嫂
小唐嫂　　咱们大伙敬耿大爷一杯！

　　　　〔众人倒酒，耿大爷举杯。

耿兴久　来，咱们先喝一杯！男女公社社员，这才几个月呀，咱们已
　　　　经向前迈了多大一步啊！看看咱们的日子，咱们的思想，都
　　　　变的多大呀！谁也不再去计较个人眼面前的小事了，都想着
　　　　集体，想着大家，想着公社——咱们这个大家庭！这是党，
　　　　是毛主席把咱们从一个小院子里头领到通向共产主义的大道
　　　　上来了！可是，我们不能停在这儿站着不动；我们要顺着这
　　　　条大道，迈开大步朝前走！社员们，同志们，共产主义就不
　　　　远啦！为咱们的公社，为了党，为了毛主席的健康，大家干
　　　　这一杯！

　　　　〔时天上探照灯上下左右舞动，大家想到天安门的美景。
　　　　在仰望灯光之际，天安门在想象中出现，焰火腾空，五光十
　　　　色。众凝视，幕徐落。

（全剧终）

228